SF SHORT STORY MASTERPIECE SELECTION

SFショートストーリー傑作《けっさく》セレクション

時《じ》間《かん》篇《へん》

【人の心はタイムマシン／時《とき》の渦《うず》】

日下三蔵《くさかさんぞう》編《へん》

456 絵《え》

目次

御《ご》先《せん》祖《ぞ》様《さま》万《ばん》歳《ざい》——小《こ》松《まつ》左《さ》京《きょう》 005

時《とき》越《ごえ》半《はん》四《し》郎《ろう》——筒《つつ》井《い》康《やす》隆《たか》 065

人の心はタイムマシン——平《ひら》井《い》和《かず》正《まさ》 095

タイムマシンはつきるとも——広《ひろ》瀬《せ》正《ただし》 105

美《み》亜《あ》へ贈《おく》る真珠——梶《かじ》尾《お》真《しん》治《じ》 115

時《とき》の渦《うず》——星《ほし》新《しん》一《いち》 157

▼編者解説——188 ▼著者プロフィール——206 ▼底本一覧——211

御《ご》先《せん》祖《ぞ》様《さま》万《ばん》歳《ざい》

小《こ》松《まつ》左《さ》京《きょう》

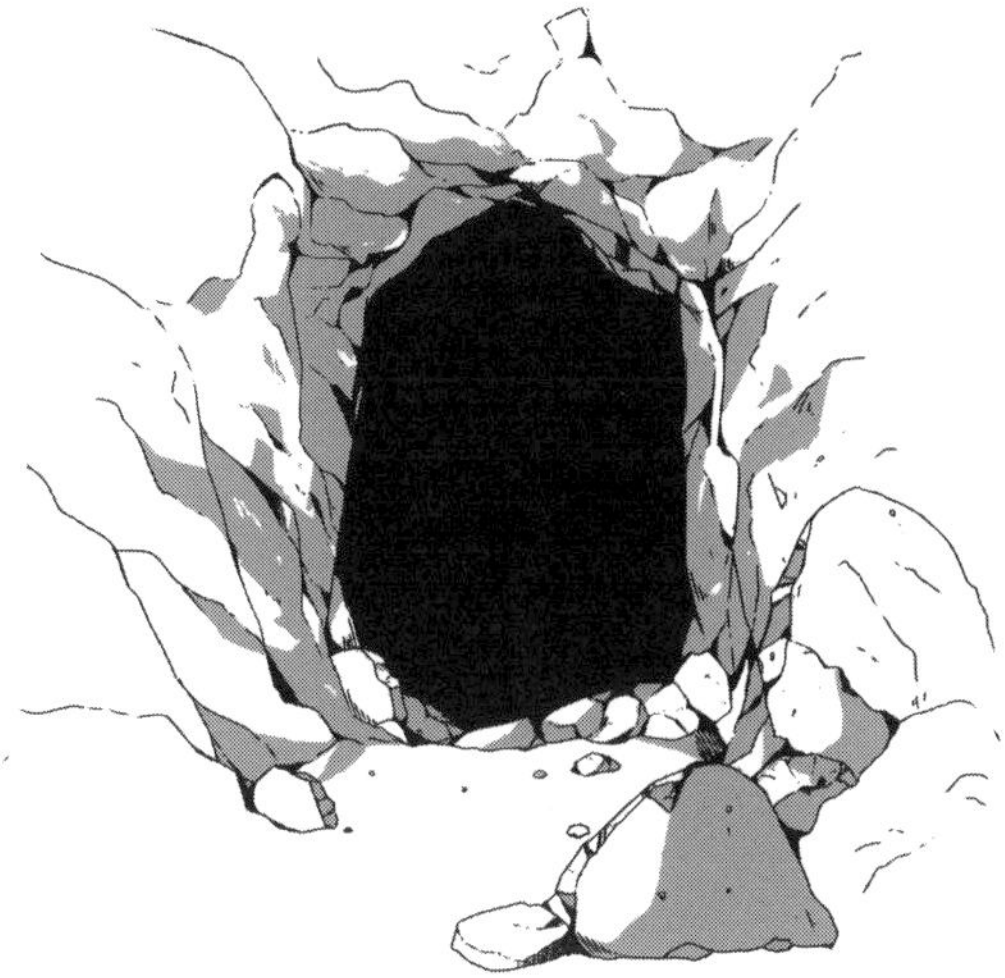

事の起りは――虫干《むしぼ》しの時に出て来た一枚《いちまい》の古ぼけた写真だった。

失業して、失業保険《しつぎょうほけん》のきれた僕《ぼく》は、御先祖《ごせんぞ》の墓《はか》まいりという名目《めいもく》で故郷《こきょう》のおばアちゃんの所へ帰って来た。

「バカタレ！」と元気もののおばアちゃんはどなった。「失業して御先祖様《ごせんぞさま》のことを思い出すとは、何というバチ当りじゃ」

それでも母に早く死にわかれた僕《ぼく》を自分の手で育てあげて来たおばアちゃんは、結局僕《ぼく》に一番甘《あま》かった。田舎《いなか》にいれば食うだけの事はできたし、たまには先祖《せんぞ》代々の土地をながめてくらすのも悪くなかった。――二百年以上たつという、古い、すすけた家の中で毎日ごろごろねて、時にはおばアちゃんと一しょにお墓《はか》の掃除《そうじ》に行ったり、山向うの池へ釣《つ》りに行ったり、結局釣《つ》れずにいい年をしてトンボをつかまえて帰ったりして日をすごしていた。

「明日は納戸《なんど》の虫干《むしぼ》しをやるがええ」

ある晩《ばん》おばアちゃんは、テレビを見ながらいった。「それで金目になりそうなものがあったらくれてやるから、もう一度東京《とうきょう》へ出て行け、——ええ若《わか》いもんが、いつまでもゴロゴロしてちゃ外聞が悪いぞ」

僕《ぼく》の家——つまり木村家《きむらけ》は、この地方の旧家《きゅうか》だったから、納戸《なんど》のなかには古いガラクタが、戦後だいぶ売りはらったとはいえ、まだかなりつまっている。どこの家にもある虫食いの掛軸《かけじく》や、赤鰯《あかいわし》の道中差《どうちゅうざ》しにまじって、時代物の南部鉄瓶《なんぶてつびん》や、蒔絵《まきえ》の火桶《ひおけ》などという、道具屋に鑑定《めきき》させれば、そこばくの値《ね》のつきそうなものもあった。

しかしたまに古九谷《こくたに》とか乾山《けんざん》とか、真贋《しんがん》は別にして、僕《ぼく》にもおぼろげながら値《ね》うちのわかるものがあると、おばアちゃんはやれ家宝《かほう》だの、誰《だれ》それさまからの拝領《はいりょう》だのといって手をつけさせない。——もっとも僕《ぼく》の方も、しまいに金目のものなど、どうでもよくなってしまい、むしろ古い品物の珍《めず》らしさに目をうばわれていた。

まったく古いものの中には、驚《おどろ》くほど質《しつ》のいいものがあった。曾祖父《そうそふ》から三代着たという織物《おりもの》などは、少し虫がついていたが生地《きじ》自体はすり切れもせず、かえって時代がついて底光りがしていた。手織木綿《ておりもめん》のふんどしだって、色こそ黄ばんでいたが、実に百年の歳月《さいげつ》に耐《た》えていた。――サヨナラパンティとはえらいちがいだ。中でも感心したのは、昔、先祖《せんぞ》たちが近郷《きんごう》の花見に出かける時にもって行ったという道具で、漆《うるし》塗《ぬ》り金蒔絵《きんまきえ》で定紋《じょうもん》をちらし、四隅《よすみ》に金具をうった十四インチ型テレビほどの大きさの箱には、上にかつぎ棒《ぼう》を通すための鉄輪《かなわ》が、蝶番《ちょうつがい》でつき、抽出《ひきだ》しが重箱になっていて、上蓋《うわぶた》にある鉄のすのこをはねると、まん中に炭のつまった小さな火入れがある。銅《あか》の火入れの底は二重になって水をいれるようになっており、熱が下につたわらないように工夫《くふう》されていた。――この箱に御馳走《ごちそう》をつめて若党《わかとう》に棒《ぼう》でかつがせて行き、花見の場所に緋毛氈《ひもうせん》をひろげて、瓢《ふくべ》の酒を、やはり箱にいれこみになった錫《すず》の徳利《とっくり》で、上の火箱にいれた炭火で燗《かん》をつけるのかと思うと、何とも風流な感じで、僕《ぼく》は一人で感じいっていた。

「あ、チョンマゲだァ」

その時、縁側《えんがわ》に来て虫干《むしぼ》しを見物していた近所のわんぱくが、何かをとり上げて頓《とん》狂《きょう》な声をあげた。

「どれどれ、見せてごらん」

とりあげてみると、なるほど虫食いだらけの台紙に、セピア色に変色した侍姿《さむらいすがた》の男の写真がはってあった。――裏《うら》をかえして見ると、「明治戊辰元年十月写於当家庭前《めいじぼしんがんねんじゅうがつとうけていぜんにてうつす》、木村三右衛門《きむらさんえもん》三十二歳《さい》、写真師川辺町田村幽斎《しゃしんしかわべちょうたむらゆうさい》」と達筆《たっぴつ》で書かれてある。

「それは、わしのお父さん――お前の曾祖父《ひいじい》さんじゃ」と祖母《そぼ》が奥《おく》からいった。

「曾祖父《ひいじい》さまは、御一新《ごいっしん》の時の志士《しし》の一人でな。お前と同い年だが、えらいちがいじゃ――わしゃ遠縁《とおえん》のみなし子で、小さい時に養女にもらわれたちうが、三右衛門《さんえもん》さまにゃかわいがられてのう、わしにとっては実の父さま同然じゃ」僕《ぼく》は何の気なしにその写真を縁先《えんさき》へほうり出した。すると今度《こんど》はわんぱくの弟らしい鼻たれが、それを見ていたが、ふいにまわらぬ舌《した》でいった。

「あ、キチャ、キチャ……」

「どれどれ、あ、ほんとだァ」と、兄貴《あにき》はいった。「おじさん、これ見てごらん。特急こだまだよ」

「ああ、なるほどね」と僕《ぼく》もチラと見てうなずいた。「忙《いそが》しいから、邪魔《じゃま》しないでくれよ」

そういって、納戸《なんど》へまたはいりかけた時、背筋《せすじ》へズキンと衝撃《しょうげき》が走った。

「な、なんだって!?」僕《ぼく》は納戸《なんど》からあわててとび出した。

「そんなバカな話が！」

だが、それは本当だった。明治元年《めいじがんねん》、一八六八年、ざっと百年前にとられた写真に、最新型の列車がうつっている！

やや、ぼやけているが、この家の庭前で木村三右衛門《きむらさんえもん》氏が大たぶさ、帯刀《たいとう》、羽織《はおり》袴《はかま》で腰《こし》かけた遠景に、現在《げんざい》も庭の向うに見えている小高い山がそびえ、そのトンネルの中から、こだま型の電車が顔をのぞかせているのだった。

「おばアちゃん、これ、たしかに曾祖父《ひいじい》さんにまちがいないね」と僕《ぼく》は念をおした。

「まちがいないとも」祖母《そぼ》は老眼鏡《ろうがんきょう》でつくづく写真をながめながらいった。「わしゃ、子供《こども》の時、この写真を見たよ。うしろの山は先祖代々《せんぞだいだい》うちの持山《もちやま》だがな」見れば見るほど列車の姿《すがた》ははっきりうつっている。決して偶然《ぐうぜん》のしみなどではない事は、拡大《かくだい》鏡《きょう》で見ると窓《まど》やパンタグラフまでちゃんとうつっているのを見てもわかった。

——僕《ぼく》はわけがわからなくなってその写真を新聞社にいる友人に送って合成写真ではないかどうかしらべてもらった。

「別にインチキでも、合成でもないって話だよ」友人は電話をかけて来て、のん気そうにいった。「写真部の連中は、原版《げんばん》があればもっとはっきりするといってるがね」

だが、今さら百年前の原版《げんばん》が見つかる望みもなさそうだった。

「ちょっときくけどな……」と僕《ぼく》はいった。「運輸省《うんゆしょう》の方で、この地方の鉄道路線の延長計画《えんちょうけいかく》がないか、しらべてくれないか？——あのうつっている山には、現在《げんざい》まだトンネルもなけりゃ、鉄道も走ってないんだ」

二、三日たって、友人は今度《こんど》はやや興奮《こうふん》した声で電話をかけて来た。

「おい、やっぱりあるそうだぜ。——まだ建設許可《けんせつきょか》は正式におりてないが、延長計画《えんちょうけいかく》だけは上程《じょうてい》されていて、紙の上ではそれが丁度《ちょうど》君の家のそばを通ることになっている」

「計画実施《けいかくじっし》はいつごろになりそうだ？」

「はっきりわからんが——計画書には昭和四十三年竣工《しゅんこう》予定と書いてあったような気がするな」

僕《ぼく》は呆然《ぼうぜん》として電話を切った。昭和四十三年——一九六八年。あの古ぼけた写真には、それが撮影《さつえい》された時代よりちょうど百年未来がうつっているのだ。

現在よりも、まだ五年も先の風景が！

この奇妙《きみょう》な現象《げんしょう》の原因《げんいん》は、どうやらあの小高い山にありそうだ、と見当をつけたのは、何となく一種のカンがはたらいたからだった。

「あの山か？　あの山は誰《だれ》が買いに来たって売らんぞ」祖母《そぼ》は頑《がん》としていった。

「トンネルをほるなんて、もってのほかじゃ。――あの山はな、昔から神隠《かみかく》しがあったり、天狗様《てんぐさま》がいるといったりして、誰《だれ》も足をふみいれんことになっとるんじゃ」

そうきいて、僕《ぼく》はますますその小さな山に興味《きょうみ》をもち、ひとつ、しらべて見ようという気になった。――どうせ失業中だ。ヒマならいくらでもある。

その山は、高さ百二、三十メートルの何の変哲《へんてつ》もない小山だった。あのトンネルのうつっていたあたりをしらべてみたが、別に何のかわりもない。ただ裏側《うらがわ》は低い尾根《おね》つづきに背後《はいご》の山脈につながっていて、もし鉄道を通すなら、このあたりに出口がくるのではないかと思われた。

そばへよって見ると、麓《ふもと》のまわりに、ぐるりと古びた柵《さく》がはりめぐらされ、何代にもわたって修理《しゅうり》されたあとがある。柵《さく》の破《やぶ》れ目《め》から中へはいってみると、丈《たけ》なす草の中に、昔ふみならされた道がみつかった。それをたどって行くと、中腹《ちゅうふく》よりちょっと下あたりに、小さな石の祠《ほこら》があった。屋根はずりおち、石仏《せきぶつ》の顔もわからぬぐらい風化しているが、別にこれといって、かわった所もない。——そこで一服して風をいれていると、そこからは村の田畑がひと目で見わたせた。むんむんする草いきれの中で、キリギリスが鳴き、こがね蜘蛛《ぐも》が優美《ゆうび》に肢《あし》をのべてゆっくりゆれている。見るともなしにそれを見ていると、ふと妙《みょう》な事に気がついた。——蜘蛛の巣がゆがんでいる！ふつうは同心円の形ではられているはずの蜘蛛《くも》の巣が、よく見ると中心がずっと一方にかたよった妙《みょう》な巣になっているのだ。巣をかけている蜘蛛《くも》をしらべると、どれもこれもそうだった。中心はすべて山腹の方へむかってよっている。

そう思うと、あたりの風景が急に奇妙《きみょう》に思えて来た。ちょっと見ると気がつかないが、周囲の風景が何となくかげろうのようにゆがんで見える。いや、それだけでなく、樹木《じゅもく》が何ともいえず変てこなはえ方をしているのがわかった。傾斜地《けいしゃち》にはえている松や雑木《ぞうき》は、一たん傾斜面に対して垂直にのび出し、それから上の方にむかっているのだ。——僕《ぼく》はふと、ある話を思い出した。アメリカのオレゴン州には、重力や磁力《じりょく》が奇妙《きみょう》に渦《うず》まいている場所があるという。科学者がしらべて、たしかに重力がおかしなことになっていることはわかったが、なぜ、そんなことになっているのかはいまだにわからない。ひょっとしたら、この山も……何か空間の「場」が妙《みょう》な事になっているのではないか？――そう思ってあたりを見まわしていた時、僕《ぼく》は祠《ほこら》の背後《はいご》の崖《がけ》に、草に隠《かく》れて小さな洞窟《どうくつ》が口を開いているのを見つけたのだった。

中をのぞいて見ると、かなり奥深《おくぶか》そうな洞穴《ほらあな》だった。山の中心へむかって、ほとんどまっすぐにのびている。入口より中の方がひろく、天井《てんじょう》までは三メートルぐらいあって、人工のものか天然のものか、ちょっと見当がつかなかった。――その奥《おく》へはいって見ようという気になったのは、虫の知らせだったろうか、それともこういう事もあろうかと、あらかじめ大型の懐中《かいちゅう》電灯を用意しておいたからだったろうか？――とにかく一歩ふみこんだ時、足もとに、昔のものらしい頑丈《がんじょう》な柵《さく》が、朽《く》ちたおれて土の中に埋《う》まっているのを見つけた。入口の壁《かべ》には、梵字《ぼんじ》を刻《きざ》んだ石柱も、もたれかかっていた。

「おーい……」誰《だれ》かがずっと麓《ふもと》の方で呼《よ》んでいた。「何するだア……その穴《あな》へはいっちゃいけねえよオ」

だが、僕《ぼく》はかまわずふみこんだ。——何かにひかれるような思いだった。

洞穴《ほらあな》は平坦《へいたん》にどこまでもつづいていた。多少しめった柔《やわら》かい土が、奥《おく》へ奥《おく》へとまっすぐのび、一体どこまで行くのか見当もつかない。何か傾斜《けいしゃ》があるような、妙《みょう》に不安定な感じがするのだが、上り坂なのか下り坂なのか、右へ曲っているのか左へ曲っているのか見当もつかない。しかし、一度《いちど》だけ船酔《ふなよ》いに似《に》た妙《みょう》な気分を味わっただけで、すすめばすすむほど何の変哲《へんてつ》もない洞窟《どうくつ》だという感じがして来た。

前方に明りが見え出した時、ちょっと気おちしたみたいだった。——別に何という事もなく出口に来てしまったからだった。変った事といえば、こちらの出口は、かなり頑丈《がんじょう》な木柵《きさく》がまだ残っている事だった。それでもその木柵《きさく》は片方《かたほう》のはしが大きく傾《かたむ》き、そこから簡単《かんたん》に外へ出る事ができた。

まぶしい外の明りの中で、目をしばたたきながら僕《ぼく》は洞穴《ほらあな》の外を見まわした。あれだけ歩いたなら、ちょうど山の反対側へつきぬけてしまっただろうと思ったが、そこの風景には何となく妙《みょう》な所があった。見た所は、別に何の変りもない村の風景だった。初秋の風は、丈《たけ》なす草をそよがせ、キリギリスがあちこちで鳴き、見はるかすかぎり田の稲穂《いなほ》が色づきかけている。――そう思って見まわしているうちに、はじめて僕《ぼく》はその景色の妙な所に気がついた。

その風景は、洞窟の入り口から見た風景と、まったく同じだった！

細かい所は少しちがっているが、地形といい、田の配置といい、僕《ぼく》がはいって来た側から見たものと、ほとんどかわらない。――ひょっとしたらあの洞窟《どうくつ》を伝いながら、山の中をぐるっとまわって、もとの場所へ出てしまったのではないかと、ふと思った。何よりの証拠《しょうこ》として、すぐ目と鼻の先に、僕の家があった。少しおかしい所があったが、先祖《せんぞ》代々のあの古い藁屋根《わらやね》のたたずまいは、どう見たって僕《ぼく》の家にちがいない。

——僕《ぼく》は狐《きつね》につままれたような感じで山をおりはじめた。

だが、庭先まで近づいてみると、僕《ぼく》の家にしては妙《みょう》な所がたくさんあるのに気がついた。——井戸《いど》のポンプがとりはらわれて、つるべがついている。裏庭《うらにわ》の方では、馬が鼻を鳴らしている気配がする。——馬なんて、十二、三年前に売りはらってから、一度《いちど》も飼《か》った事がないはずなのに——。この暑いのに、縁先《えんさき》の障子《しょうじ》をたて切って、中でひそひそ人の話し声がする。

「おばあちゃん……」僕《ぼく》は危《あや》うく声をかける所だった、「お客さまかい？」と……。

とたんに、障子《しょうじ》の向うでシッという声がして、中の話し声がピタッとやんだ。僕《ぼく》は何となく身の危険《きけん》を感じて、縁先《えんさき》にたちすくんだ。——その時……。

「！」

声のない気合とともに、障子《しょうじ》の紙をブスッとつきやぶって、鼻先数センチの所へ、ギラギラ光る真槍《しんそう》の穂先《ほさき》がつき出された。——僕《ぼく》が驚《おどろ》きのあまり、後へひっくりかえったのはいうまでもない。尻餅《しりもち》をついた鼻先で、障子《しょうじ》が乱暴《らんぼう》にあけはなたれた。そこに立ちはだかった数人の男を見たとたんに、僕《ぼく》の悲鳴はのどの所へグッとつかえてしまった。

丁髷《ちょんまげ》をゆった侍《さむらい》姿《すがた》の壮漢《そうかん》が四、五人、みんなドキドキするような抜き身をひっさげてこちらをにらんでいる！

「何奴《だれ》だ、貴様《きさま》！」そのうちの、何だか見た事のあるような若《わか》い男がどなった。

「密偵《いぬ》か？」後から声がかかった。

「妙《みょう》な見かけん奴《やつ》です」端《はし》の男が背後《はいご》へいった。「こら！　貴様《きさま》、なぜわれわれの話を立ち聞きした？」

「い、いえ、すみません、家をまちがえました……」僕《ぼく》は後じさりしながらやっとの事でいった。

「かまわん、斬《き》れ！」と誰《だれ》かが叫《さけ》んだ。

とたんに、眼《め》の前がピカッと光って、耳もとで白刃《はくじん》が風を切る音がした。――自分がどんな悲鳴をあげたかさっぱり記憶《きおく》がない。とにかく気がついた時は、こけつまろびっ、足が宙《ちゅう》をとんで、本能的《ほんのうてき》にあの山の洞穴《ほらあな》へむかって走っていた。

「逃《に》がすな！」背後《はいご》で叫《さけ》んでいるのがきこえた。「斬《き》ってしまえ！」

洞窟《どうくつ》が一本道だということが、この時くらい呪《のろ》わしかったことはない。背後《はいご》の足音は洞窟《どうくつ》にこだましながら、どこまでも追って来た。はいって来た側の入口から、やっと外へ出ても、しつこい侍《さむらい》たちはまだ追いかけて、とび出して来た。紙一重《かみひとえ》のちがいで、シャツの背中《せなか》を切《き》り裂《さ》かれた僕《ぼく》の悲鳴は、汽車の汽笛みたいに平和な里にひびきわたり、野良《のら》仕事の連中をいっせいにふりむかせた。——それなのに、この村ののんきな連中と来たら、僕《ぼく》が田の畦《あぜ》を、半泣きになりながら、息せき切って逃《に》げ、あとからダンビラをふりかざした三人の侍《さむらい》が追いかけてくるのを、ポカンと口をあけて見ていた。

「三平《さんぺい》さァ……」誰《だれ》かがのんびり声をかけるのがきこえた。

「何ンしてなさるだ？　映画《えいが》のロケかね？」

説明しているひまなぞないので、とにかく僕《ぼく》は助けてくれとわめきながら走った――昔は村の小学校で、かけっこならいつも一等《いっとう》だったが、長年の都会生活で足がなまっていて、今にもぶったおれそうになった。やっとの思いで駐在所《ちゅうざいしょ》にとびこんで、助けて！　と叫《さけ》ぶと、初老の駐在《ちゅうざい》は泡《あわ》をくったように湯呑《ゆの》みをひっくりかえした。

「なんだ、三平《さんぺい》君か、びっくりするでねえか」と駐在《ちゅうざい》はぬれた服をはたきながらいった。

「そうだ、ばアさまに、ボタ餅《もち》うまかったと礼いっといてくれねえか」

だが、その時、あのしつこい侍《さむらい》たちが、抜《ぬ》き身《み》をひっさげて、駐在所《ちゅうざいしょ》へどやどやととびこんで来た。僕《ぼく》はまた悲鳴をあげて、駐在《ちゅうざい》の背後《はいご》へかくれた。

「助けて！」と僕《ぼく》は叫《さけ》んだ。「殺される！」

「何ンだ、お前たちは？」駐在《ちゅうざい》は眼《め》をむいて叫《さけ》んだ。「そ、そんなものをブッさげて、危ねえでねえか！」

「やかましい！」と侍《さむらい》の一人はどなった。「その男を出せ。かばいだてすると、貴様《きさま》

も いっしょにぶった切るぞ!」

おどかしのつもりだったろう。その侍《さむらい》は、ビュッと白刃《はくじん》を横にはらった。机《つくえ》の上においてあった、一輪ざしの日向葵《ひまわり》の花が、ちょンぎれてとんだ。——この時の駐在《ちゅうざい》は、がらになくあっぱれだった。ワッと悲鳴をあげると、反射的《はんしゃてき》にピストルをとり上げ、ズドンと一発ぶっぱなしたのだ。十五メートルはなれて松の厚板《あついた》をぶちぬくという、S&W四五口径《こうけい》リボルバーの発射音《はっしゃおん》と衝撃《しょうげき》は大したもので、駐在《ちゅうざい》はあやうく後へひっくりかえりかけた。

「お、飛び道具だ!」とさすがに侍《さむらい》たちは鼻白んで後へさがった。——その時になってようやく、この血迷《ちまよ》った連中も、自分たちが妙《みょう》な世界へとびこんでしまった事に気がついたらしい。動揺《どうよう》が三人の間に走り、侍《さむらい》たちはキョロキョロとあたりを見まわした。

「これは……」と一人が、駐在《ちゅうざい》のつき出したブルブルふるえる銃口《じゅうこう》をみながらいった。

「妙《みょう》な事になったぞ……」

「いったん、ひきあげろ」もう一人が叫《さけ》ぶと、三人はバラバラと駐在所《ちゅうざいしょ》をとび出した。——その時になって、駐在《ちゅうざい》はやっと頭に血がのぼったらしい。ワーッと叫《さけ》ぶと、外にとび出して、空へむかってピストルをぶっぱなすと、村一番といわれる大声で山の方へにげて行く三人の侍《さむらい》にむかってどなったものだ。

「つかまえてくれ皆《みな》の衆《しゅう》！　人殺しだ！　愚連隊《ぐれんたい》だ！　強盗《ごうとう》だ！　火事だ！」

田舎《いなか》という所は、スタートはにぶいが、いったんさわぎに火がつくと、とんだ大げさな事になる。——その時も駐在《ちゅうざい》のどなり声でようやくさわぎに気がついた村の連中は、野良《のら》仕事をおっぽり出して逃《に》げて行く侍《さむらい》たちを追いかけはじめた。といって、刀をふりまわす侍《さむらい》はやっぱりこわいらしく、五十メートルほどはなれて、ワイワイいいながら追いかけ、中には勇ましくも自動耕《こう》うん機《き》にのって追いかける奴《やつ》もいる始末だった。——駐在《ちゅうざい》が火事だとどなったので、誰《だれ》かが半鐘《はんしょう》をならした。人殺しだ、強盗《ごうとう》だときいて、一一〇番へ電話をかけた者が五人もいた。なにしろ僕《ぼく》の郷里《きょうり》は、伝統的《でんとうてき》にヤジ馬の気風がさかんな所だった。鳶口《とびぐち》に法被《はっぴ》姿《すがた》の村の消防団《しょうぼうだん》がせいぞろいし、二キ口はなれた県警《けんけい》から、武装警官隊《ぶそうけいかんたい》がトラックでかけつけるのに、ものの三十分とかからなかったろう。——しかもみんな集まって、山狩《やまが》りだ、山狩《やまが》りだとワイワイいいながら、一体何が起ったのか、さっぱりわかっていない始末だった。

「とにかく、あの、右翼《うよく》だか、愚連隊《ぐれんたい》だか、やくざだか、そんな連中です」駐在《ちゅうざい》はあがってしまってそうわめきちらすばかりだった。「三人とも刀をもってました。わしの大事なひまわりの首をチョン切りよりましたです」

県警《けんけい》の機動隊長も、武装警官《ぶそうけいかん》を出動させた手前、一応山狩《いちおうやまが》りをやる事にしたらしかった。——何しろ抜《ぬ》き身《み》をぶらさげた連中を野放しにしておくのは危険《きけん》だ、というのはもっともな事だ。だが——いよいよ、山にはいろうとした時、阿修羅《あしゅら》のような形相でみんなの前にたちふさがったのは、おばアちゃんだった。

「お前ら、誰《だれ》にことわってこの山にはいるんだ！」おばアちゃんは髪《かみ》ふりみだしてどなった。「ここは先祖《せんぞ》代々、うちの山だぞ。先祖《せんぞ》の申しつたえではいっちゃならねえことになってるだ」

「ばアさまよ、それでもこの穴《あな》に悪者が逃《に》げこんだだよ」と駐在《ちゅうざい》は説明した。「お宅《たく》の三平《さんぺい》さんが、殺されかけただ」

「何？　三平《さんぺい》が？」おばアちゃんは、きっとなって僕《ぼく》の方をふりかえった。「ようし、そんなら、おらも行く」

「よしなよおばアちゃん、危《あぶな》いよ」と僕《ぼく》はいった。

「何が危《あぶな》いか！　おらの可愛《かわい》い孫をあやめようとしたなんて、勘弁《かんべん》できねえ、おらがふンづかめえて、でっかい灸《やいと》すえてやるだ」

何しろガンバリ後家《ごけ》で通った気丈者《きじょうもの》のおばアちゃんだ。

「さア、皆《みな》の衆《しゅう》、つづけ！」とどなるやいなや、とめる間もなくまっ先たって穴《あな》の中へとびこんだ。——こうなると僕《ぼく》もほうっておけず、おばアちゃんのあとを追ってとびこんだ。警官隊《けいかんたい》と消防団《しょうぼうだん》があとにつづいた。

洞窟《どうくつ》を通って、向うへぬけて見ると、あの家は、何事もなかったように森閑《しんかん》としずまりかえっていた。

「ここは一体どこじゃ……」と村民の間につぶやきがおこった。「もとの場所とちがうのか？」

「そういえば、あの家は木村《きむら》のおばアちゃんの家でねェか」

そのおばアちゃんは、あんぐり口を開けて眼《め》をとび出しそうに見開いていた。——カタンと音をたてて上の入れ歯が顎《あご》からおちた。

「あの家に、連中がいたのか？」と機動隊長がきいた。僕《ぼく》がうなずくと、みんなはぞろぞろ家の方にむかった。

家の庭につくと、気配を察したか障子《しょうじ》が中からガラリとあいた。——殺気だった侍姿《さむらいすがた》の男たちが、刀をつかんで立ち上がっていた。

「なんだ、大ぜい来たな」と向うはこっちを見て、眼《め》をむいた。「貴様《きさま》たちァ何だ？」

おどろいたのは、こっちの連中も同じだった。——とにかくチョンまげ姿《すがた》の男たちが、こんなに大勢《おおぜい》集まっているのを見たのは誰《だれ》だってはじめてだろう。そのうちの何人かは、殺気だって鯉口《こいぐち》を切っているのだ。

「あ、あんたたちを……」と隊長は面くらったみたいにもごもごいった。「殺人未遂《みすい》と、それから、ええ——持兇器《じきょうき》集合罪《しゅうごうざい》で逮捕《たいほ》する」

「なに！」一人の若《わか》い侍《さむらい》がどなった。「面白《おもしろ》い。やってみろ！」
二、三人がギラリとひっこぬいた。その時ヒェッというような声がして、誰《だれ》かが先頭の若《わか》い侍《さむらい》の足もとにとび出した。——おばアちゃんだった。
「おとっつァま！　まァおとっつァま！……おなつかしうごぜえます」

「なんだ、このばアさんは？」若《わか》い侍《さむらい》は呆《あき》れたようにおばアちゃんを見た。

「あんたさまの養女の、うめでごぜえますがな……」おばアちゃんは、おろおろ泣きながらいった。

「馬鹿《ばか》いえ！　俺《おれ》は知らんぞ」侍《さむらい》は迷惑《めいわく》そうにいった。「第一、こんなばアさんの子供《ども》を持つわけがない」

「でも、でも、あなたさまは木村三右衛門さまでごぜえましょう」とおばアちゃんはいった。「ごらん下せエ、これはあなたの曾孫《ひまご》の三平《さんぺい》でごぜえます」

そこまでいわれて、さすがの僕《ぼく》もアッと息をのんだ。――その侍《さむらい》の顔をどこかで見た事があるのも道理、彼《かれ》こそは、このさわぎの発端《ほったん》となったあの写真の主、木村三右衛門《きむらさんえもん》氏にほかならなかったのである！　だが時代をこえた肉親対面の場面は、その時あわただしく近づいて来た馬蹄《ばてい》の音にかき乱《みだ》された。

「みんな、手がまわったぞ！」馬上の男は汗《あせ》をしたたらせながらどなった。「江戸《えど》から幕吏《ばくり》がやって来て、今代官所《だいかんじょ》から手勢《てぜい》が押《お》しかけてくる」

「みんな散れ」頭《かしら》だった大たぶさの男が叫《さけ》んだ。「裏《うら》に馬がつないである。かねての手筈《てはず》どおり――よいな」

侍《さむらい》たちの行動は、おそろしく敏速《びんそく》だった。あっという間に彼等《かれら》の姿《すがた》は座敷《ざしき》から消えうせ、裏庭《うらにわ》の方からたちまち何頭もの馬蹄《ばてい》のひびきが起った。

「あっ、おとっつァまァ……」おばアちゃんが叫《さけ》んだが、馬蹄《ばてい》の響《ひび》きはみるみるうちに裏山《うらやま》づたいに遠ざかっていった。

「三右衛門様《さんえもん》えのーウ」おばアちゃんの悲しげな声が、山々にこだました。

それからあとのテンヤワンヤは、思い出しただけでも頭が痛《いた》くなる。——あっという間に相手に逃《に》げられて、ポカンとしていた警官隊《けいかんたい》が、今度《こんど》は代官所《だいかんじょ》の討手《うちて》と衝突《しょうとつ》したのだ。むこうだって殺気だっていたし、獲物《えもの》に逃《に》げられて頭に来てたらしい。まして武器《ぶき》をもって見知らぬ連中が大勢《おおぜい》集まっていれば、これは不穏《ふおん》の事であり、御謀反《ごむほん》の気配ありと見なされて、それ、召《め》し捕《と》れ！　申し開きはお白洲《しらす》でしろ、という事になる。——何しろ問答無用は、当時の習慣《しゅうかん》だった。逆《ぎゃく》にこちらが持兇器《じきょうき》集合罪《しゅうごうざい》で逮《たい》捕《ほ》されそうになって、そこは警察《けいさつ》の名誉《めいよ》にかけても抵抗《ていこう》した。村の連中はいち早く、洞穴《ほらあな》に逃《に》げこんだが、警官隊《けいかんたい》が空へむかって威赫射撃《いかくしゃげき》をすると、今度《こんど》はむこうが代官《だいかん》所《じょ》から弓矢をもって来たから、厄介《やっかい》な事になった。やむを得ず後退《こうたい》したが、警官《けいかん》の一人は、岩かげからピストルで応戦《おうせん》しながら、矢で帽子《ぼうし》を射《い》ぬかれ、

「まるで西部劇《せいぶげき》だ！」と叫《さけ》んだ。

結局、どちらも死傷《ししょう》のないうちに、こちらは穴《あな》に逃《に》げこんだ。無鉄砲《むてっぽう》な追手の一部

は、穴《あな》を通ってこちら側まで追いかけて来たがこちら側の入り口で多人数がワイワイいっているのを見て、面くらって逃《に》げてしまった。——ところでこちら側のさわぎはとんでもない事になった。あちら側へ行った村民のなかにある新聞社の通信員と、たまたまその家へ遊びに来ていた腕《うで》っこきの社会部記者がいたのだ。——誰《だれ》が鳴らすのか、村にはたえ間なく半鐘《はんしょう》が鳴っていた。お節介《せっかい》な奴《やつ》がいて、お寺で早鐘《はやがね》までつき出した。村役場のサイレンが鳴り、鶏《にわとり》どもがさわぎたて、牛が鳴き、犬が吠《ほ》えたて、赤《あか》ん坊《ぼう》まで泣き出した。たかがこのくらいの事で、こんなさわぎになるなんて、信じられないくらいだったが、要するに、田舎《いなか》なんてみんな退屈《たいくつ》してるのだ。新聞社のヘリコプターがとんで来て、何をどうまちがえたのか、近所の自衛隊《じえいたい》まで出動してくるに及《およ》んで、手がつけられないようなさわぎになってしまった。どんな場合でも威勢《いせい》のいい、新聞社のカメラマンが、とめるのもきかず穴《あな》のなかへとびこんでいって、肩《かた》に矢をつったてよろめきながら帰って来たのを見て、みんなは激昂《げっこう》した。——危険《きけん》を感じた警官《けいかん》と自衛隊《じえいたい》は、柵《さく》を作って穴《あな》の前を警戒《けいかい》し出した……。

新聞社の音頭《おんど》とりで、学者をまじえた「調査隊《ちょうさたい》」というものが到着《とうちゃく》したのは翌日《よくじつ》の午後の事である。――学者だって、はっきりいって半信半疑《はんしんはんぎ》の、ヤジ馬気分だったのだろう。

「この近郷《きんごう》にもちょいちょいある、落人部落《おちゅうど》の極端《きょくたん》なものではないかと思いますな」

穴《あな》にはいる前に調査団《ちょうさだん》ののべた意見はそんな所だった。

「ひょっとしたら精神病者《せいしんびょうしゃ》の集団《しゅうだん》かも知れません」

――だが、護衛《ごえい》について行った自衛隊員《じえいたいいん》もろとも、満身創痍《まんしんそうい》という恰好《かっこう》で穴《あな》からはい出して来た時は、連中の意見もかわっていた。むこうも、あちら側の出口の所に、網《あみ》をはっていたらしい。

第二回の調査団《ちょうさだん》には、中央の大学の先生方もくわわっていた。――物理学の教授《きょうじゅ》がまじっていた所を見ると、学者もようやく事態《じたい》に気がつきかけたらしい。第二回調査《ちょうさ》団《だん》は、かなり重武装《じゅうぶそう》で出かけていったので、なんとか無事にかえって来て、そこそこの成果があがったらしい。——だが、彼等《かれら》がふたたび穴場《あなば》から出て来た時は、小さな村は、各新聞社、テレビ、ラジオ局などの取材陣《しゅざいじん》でごったがえし、それをまたあてこんで物売りが店を出す始末だった。——ニュースマンたちにとりかこまれてすっかり名士気どりの村長と、同じ話を千回もしゃべらされて、ガタの来たテープレコーダーみたいになっちまった僕《ぼく》と……。事件《じけん》のきっかけとなったあの写真を、何とか手にいれようと波状攻撃《はじょうこうげき》をかけてくる記者連中に腹《はら》をたてたおばアちゃんは、とうとう記者の一人にかみついた。あわてたその記者が、手首におばアちゃんの入れ歯をくっつけたまま行ってしまったので——だが、こんな事いくら話してもしかたがあるまい。とにかく第二次調査隊《ちょうさたい》の臨時報告《りんじほうこく》が、あの山の前にもうけられた臨時《りんじ》本部のテントで行なわれた時は、村全体の気温が、かけ値《ね》なしに三度《さんど》も上昇《じょうしょう》していた。

槍《やり》ぶすまみたいにつき出すマイクにとりかこまれ、ライトとフラッシュをあびながら、調査団長《ちょうさだんちょう》の歴史学者は、あがり気味に報告書《ほうこくしょ》をよみあげた。

「S県《けん》T郡《ぐん》蹴尻村《けじりむら》字富田《あざとみた》、木村《きむら》うめさん所有の山、通称《つうしょう》〝神隠《かみかく》し山《やま》〟にあいている洞《どう》窟《くつ》は……」ここで、団長《だんちょう》はゴクリと唾《つば》をのみこんだが、これがたくまざる効果《こうか》になった。「調査《ちょうさ》の結果……過去に通ずる穴であることが確認《かくにん》されました」

予期したことだったろうが、取材班《しゅざいはん》にちょっとどよめきが起った。

「穴《あな》の向う側は、いつごろなんです？」質問《しつもん》がとんだ。

「穴《あな》の向う側の時代は――」団長《だんちょう》は汗《あせ》をぬぐった。「江戸《えど》末期の文久《ぶんきゅう》三年、――すなわち今からきっかり百年前の一八六三年であります。この事は――向うの人たちと話しあって、はっきりしました」

「向うの人たち？」記者団《きしゃだん》から声が上った。「じゃ、江戸時代の連中と話したんですか？」

「ええ――向うにも話のわかる連中がいて……代官所《だいかんじょ》を通じて一応《いちおう》むこうの政府《せいふ》――ええと、幕府《ばくふ》へも、話を通してもらうように、一応《いちおう》たのんでおきました」

満場騒然《まんじょうそうぜん》となりかけた時、一人の記者が椅子《いす》の上におどり上って質問《しつもん》した。

「向う側というとつまり、――あの穴《あな》の向う側には十九世紀の全宇宙がひろがっているわけですか？」

「そうです――」物理学者がこたえた。「つまり、あの穴《あな》を結節点としてですね……」

「なぜ、そんな事になったんだ？」誰《だれ》かがどなった。「そんなことってあり得るのか？」

「あり得るのかどうか。今の科学ではとても説明できませんが、とにかく現実にそうなんです」物理学者はへどもどしながらいった。「今まででも、十九世紀の紳士《しんし》が、突然《とつぜん》ニューヨークの街へ現《あら》われて、行きだおれたとか、フィリピンの軍隊が、一瞬《いっしゅん》のうちにメキシコにあらわれたとか、――妙《みょう》なことが起ったという記録がたくさんあるそうです。神隠《かみかく》しなんてことも、実際《じっさい》起っているらしいところを見ると、時空連続体、つまり時間と空間には、われわれのまだ知らない不思議な性質《せいしつ》があるんじゃないかと思われます。たとえばですね――われわれは、時空間が、直線的にへだたっているという表象をもっているが、その実、重力場《じゅうりょくば》において時空間が曲っているように、時空連続体は波うって――あるいはおりたたまれているのかも知れません、少なくともあの山のあたりにおいて、十九世紀と二十世紀は隣《とな》りあっているんです」

「とすると、あの穴《あな》の中で、時空間がとびこえられるんですね」

この質問《しつもん》は駆《か》け出《だ》して電話にとびついたり、大声でわめきちらす喧騒《けんそう》にさえぎられてしまった。

「あの穴《あな》の途中《とちゅう》で、空間がひっくりかえっているのに気がつきましたか？」物理学者は声をからして叫《さけ》んでいた。「丁度《ちょうど》まン中からむこうでは、みんなの足跡《あしあと》が天井《てんじょう》にっいてるんですよ！」

静かにしろという声が、あちこちできこえたにもかかわらず、その場の状態《じょうたい》は手がつけられないほど混乱《こんらん》してきた。

「文久《ぶんきゅう》三年といえば、薩英戦争《さつえいせんそう》や天誅組《てんちゅうぐみ》の変など、むこうの世界は物情騒然《ぶつじょうそうぜん》としていますので……」団長《だんちょう》が読みあげる報告書《ほうこくしょ》のか細い声は、悲鳴みたいにきこえた。「あまりみなさんも、さわぎたてて、むこうの世界へ行こうとなさらないよう……イタイ、イタイ！　押《お》さないで……」

「過去《かこ》へ通じる穴《あな》」のニュースは全世界へひろがった。――大げさなと思う人があるかも知れないが、今の世界はそういうふうになっているのだからしかたがない。真偽《しんぎ》問い合わせの殺到《さっとう》から、海外からの記者や調査団《ちょうさだん》の来日で日本はオリンピックの一年前に、外人客ブームが来そうな状態《じょうたい》になった。――蹴尻村《けじりむら》には、取材、調査陣《ちょうさじん》の常設《じょうせつ》本部《ほんぶ》が出来、自衛隊《じえいたい》が常駐《じょうちゅう》した。そろそろ穫《と》り入《い》れが近づくのに、仕事にならないというので、村長は県から補償金《ほしょうきん》をとりつけた。――これで彼《かれ》は次期当選確実《とうせんかくじつ》だ。

県知事は、蹴尻村《けじりむら》を特別保護地《とくべつほごち》に指定した。その前に、山師《やまし》みたいな不動産業者が、おばアちゃんの家を訪《おとず》れて、あの山を売ってくれといって、実に十億円の札束を眼《め》の前につんで見せたが、おばアちゃんは首をたてにふらなかった。神隠《かみかく》し山《やま》は「おらが先祖代々《せんぞ》」の山であり、大臣が来たって売るもんでねえ。――おらはあそこを通って、御先祖様《ごせんぞさま》に会いに行く、というのだ。

穴《あな》の入口は、自衛隊《じえいたい》が二十四時間警備《けいび》にあたっていた。むこうからの侵略《しんりゃく》を防《ふせ》ぐより、こちらから、何とか抜《ぬ》け駆《が》けをやろうとねらう、新聞記者連や山師《やまし》どもを追っぱらうのが主な目的だった。――まったくこういう連中は、どんな不祥事《ふしょうじ》をまき起さないともかぎらない。そのうち――ある晴れた日の午後、穴《あな》の入口でさわぎが起った。本部から見ていると、陣笠《じんがさ》にぶっさき羽織《はお》り、乗馬袴《じょうばばかま》という姿《すがた》の武士《ぶし》が、供《とも》のものに、白旗をもたせて入口からあらわれた。

「身共《みども》、公儀近習頭《こうぎきんじゅがしら》をつとめる阿部定之進《あべじょうのしん》……」と武士《ぶし》は名のった。「御老中酒井《ごろうじゅうさかい》殿《どの》よりの書面をたずさえてござる。先日御書面《ごしょめん》をもたらされた田岡殿《たおかどの》にお目通りねがいたい」

田岡《たおか》博士――第二次調査団《ちょうさだん》の団長《だんちょう》は、書面を見てパッと顔を輝《かが》かせた。

「諸君《しょくん》!」と博士はいった。「幕府《ばくふ》は代表交換《だいひょうこうかん》を申しいれて来ましたぞ!」

その時、阿部《あべ》と名のる武士《ぶし》は、突然《とつぜん》ぬく手も見せず、横に近づいたカメラマンに切りつけた。アッと思った瞬間《しゅんかん》に、刀はピンと鍔鳴《つばな》りの音をたてて鞘《さや》におさめていた。

「身共《みども》、田宮流《たみやりゅう》を少々たしなみます」と落ちついた声で使者はいった。「下賤《げせん》の者、少々お遠ざけねがいたい」

こちらでは、スピグラをまっぷたつに切られた上に、下賤《げせん》の者とよばれたカメラマンがベソをかいていた。

さあ、そこからがまた大さわぎだった。代表団《だいひょうだん》の自薦他薦《じせんたせん》もさることながら、国会議員代表をいれろの、報道陣《ほうどうじん》をどうするの、人数をしぼれの、護衛《ごえい》はどうするのと……とにかく、急遽代表団《きゅうきょだいひょうだん》をこしらえて、むこうと交換《こうかん》したのは、一週間後だった。

その間、幕府代表《ばくふだいひょう》はむこう側の入口で待たされっぱなしだった。——とはいえ、この交換《こうかん》はそこそこの成果をあげ、むこうの連中は、眼《め》を白黒させながらも、何とか事情《じじょう》をのみこみ、こちらの連中は江戸時代の風俗《ふうぞく》を記録フィルムにおさめて帰って来た。そして双方《そうほう》とも、必要な学術《がくじゅつ》調査団《ちょうさだん》や視察団交流《しさつだんこうりゅう》の仮協定《かりきょうてい》をむすぶところまでこぎつけた。

「諸君《しょくん》！　これはすばらしい学問上の収穫《しゅうかく》ですぞ！」と歴史学者は興奮《こうふん》してまっ赤《か》になりながら叫《さけ》んだ。「われわれは、百年前の世界を、実際《じっさい》この眼《め》で見、手でふれてしらべることができるのです！」

「穴《あな》」をめぐるさわぎは、これで一段落《いちだんらく》つげるどころか、ますます大きくなって行った。——江戸時代《えどじだい》への実地調査《じっちちょうさ》に行けるとなると、当然のことだが歴史、社会学界がさわぎ出した。物理学者は、「穴《あな》」の構造《こうぞう》の解明《かいめい》に、大がかりな調査《ちょうさ》をしたいといい出した。——婦人科医《ふじんかい》まで名のりあげたのはいささかお門《かど》ちがいだったろう。視察旅行《しさつりょこう》の好きな議員方が圧力《あつりょく》をかけはじめたのは当然である。それに時代小説作家が、自分たちの書いた小説の主人公、モデルたちに、実地にあってみたいといい出した。——へたをすると印象を大幅《おおはば》に訂正《ていせい》しなくてはならないかも知れず、歴史上の謎《なぞ》のいくつかがとけるかも知れないし、またぬけ目なく次の小説のヒントをもつかめるかも知れない。

いや、時代小説作家に行かせるのはおかしいといい出したのは、ルポライターたちだった。時代小説はフィクションだ。だが、これはドキュメンタリイの書ける人間が行くべきだ。そのほか画家、写真家、音楽家、劇作家《げきさっか》、民俗学者《みんぞくがくしゃ》、ありとあらゆる芸《げい》術家《じゅつか》、文化人が、行かせろといってさわぎ出した。中で、過去《かこ》に対してあまり干渉《かんしょう》することが、歴史の歩みを狂《くる》わせ、それが現在《げんざい》にまで影響《えいきょう》を及《およ》ぼすようなことになるのではないかと、タイムパラドックスに対する危惧《きぐ》を表明したSF作家たちこそ、最も良心的な連中だったろう。（筆者註《ひっしゃちゅう》――いい気なもんだ！）

こんな大さわぎ――まだまだこの他に、あの「穴《あな》」をどこの管轄《かんかつ》にするかで、文部《もんぶ》省《しょう》、総理府《そうりふ》がもめるなどといったことは、数え上げたらきりがないが――の最中に、政府代表《せいふだいひょう》が、江戸城《えどじょう》内において、老中酒井忠績《ろうじゅうさかいただしげ》とひそかに会見したという情報《じょうほう》を、ある新聞社がスッパぬいたので、日本中が、蜂《はち》の巣をつっついたようなざまになってしまった。しかも、その情報《じょうほう》には、会見の内容《ないよう》までそえてあったのだ。

その新聞社は、幕閣《ばっかく》よりひそかな会談申し入れがあったことをキャッチし、政府《せいふ》の動きをマークした。代表である政府《せいふ》要人が、夜陰《やいん》に乗じてひそかに穴《あな》をぬける時、記者の一人は大胆《だいたん》にも、要人のポケットに、小さなワイヤレスマイクを投げこんだ。そして要人の秘書《ひしょ》がもって行くカバンの中に、小型受信器とテープレコーダーをセットしたのである。――かくて、盗聴《とうちょう》された会談の内容《ないよう》は、僕《ぼく》も後になってきく機会があったが、まことに驚《おどろ》くべきものだった。

「すでに御承知《ごしょうち》の通り、ただ今国内は、内憂外患《ないゆうがいかん》こもごもいたり、まことに鼎《かなえ》の湧《わ》くような有様《ありさま》でござる……」と老中《ろうじゅう》――二年後に大老《たいろう》になったが――酒井忠績《さかいただしげ》は、沈《ちん》痛《つう》な声でいった。「諸外国《しょがいこく》は、こもごも来朝して、開国をせまり、それに対して国内では攘夷《じょうい》をとなえる外様大藩《とざまたいはん》、不逞《ふてい》の浪人《ろうにん》ども、ことごとに外国と事をかまえんとし、先年神奈川《かながわ》にも薩藩《さっぱん》のものが英人を斬《き》り、しかえしとて、先月英艦は薩藩《さっぱん》に砲撃《ほうげき》を加え申した。またその前に長州下ノ関《ちょうしゅうしものせき》が、外国の軍艦《ぐんかん》に砲撃《ほうげき》をうけ、このままではいかなることになるやも知れず……」

「なるほど……」と要人はたよりない声でいう。

「また国内では先年の井伊殿《いいどの》殺害はじめ幕閣《ばっかく》要人の暗殺あいつぎ、大和《やまと》にて天誅組《てんちゅうぐみ》などと申す、逆賊《ぎゃくぞく》が旗上げし、朝廷公卿《ちょうていくぎょう》の動きもはなはだもっておだやかならず……」

「はあ……」

「この際《さい》、国内を統一《とういつ》し、国力を充実《じゅうじつ》して外患《がいかん》にそなえざれば、清国阿片《しんこくあへん》戦争の例を見ても、わが国は、外国の足下《あしもと》に蹂躙《じゅうりん》されるは必定《ひつじょう》――ついては、同胞《どうほう》のよしみをもって、力をおかしくださるまいか？」

「といいますと？」

「きけば、そちらには、空をとぶ機械、一瞬《いっしゅん》にして百発を放つ銃《じゅう》もあり、精鋭《せいえい》十八万の威容《いよう》をほこる軍団《ぐんだん》を備《そな》えておられるとか――そのうち、武器《ぶき》、軍隊の一部でも、おかしくだされれば……」

「よく御存知《ごぞんじ》ですな」と要人は面くらったようにいった。

「泰平三百歳《たいへいさんびゃくさい》を数えるとはいえ、御庭番衆《おにわばんしゅう》はまだ健在《けんざい》でござる」と酒井老中《さかいろうじゅう》は笑いをふくんだ声でいった。

「いかが？　お助けくださるか……」

「そ、それがその……」要人はいった。

「憲法《けんぽう》で、海外派兵《かいがいはへい》はできないんですが……」

「海外ではござるまい」酒井《さかい》はおしかぶせるようにいった。
「同じ国内でござろう」

この勝負はどう考えても、酒井老中《さかいろうじゅう》の勝ちだった。何しろ昔の連中には、いわゆる腹《はら》のすわった連中がいる。それに——ああ！　よりによって、文久三年とは何という厄介《やっかい》な時代にひっかかったことか！

今さら説明するまでもないと思うが——文久《ぶんきゅう》三年といえば嘉永《かえい》六年六月ペルリ提《てい》督《とく》が艦隊《かんたい》をひきいて、浦賀《うらが》に入港して開港をせまってから丁度《ちょうど》十年、泰平《たいへい》の眠《ねむ》りをさますと洒落《しゃれ》のめすいとまもなく、つづいてロシヤよりプチャーチン来航、日米和親《にちべいわしん》条約《じょうやく》をむすんでからは、国内に攘夷《じょうい》、開港《かいこう》、尊皇《そんのう》、佐幕《さばく》がいりみだれ、老中《ろうじゅう》の言《げん》をまつまでもなく、内憂外患《ないゆうがいかん》、まさに国内はハチの巣をつついたようなさわぎのまっただ中だった。安政《あんせい》五年、井伊大老《いいたいろう》が就任《しゅうにん》して安政《あんせい》の大獄《たいごく》の大嵐《おおあらし》が吹《ふ》きあれ、世間には、例の安政大地震《あんせいおおじしん》、虎裂利《ころり》の大流行、万延《まんえん》ごろからは物価暴騰《ぶっかぼうとう》に農村一揆《のうそんいっき》が全国を吹《ふ》きあれた。——一方、薩長土肥《さっちょうとひ》、両国雄藩《りょうこくゆうはん》の討幕《とうばく》の動きは、いよいよ本格的《ほんかくてき》となり、今日は討幕《とうばく》、明日は公武合体《こうぶがったい》と、その混沌《こんとん》たる政治情勢《せいじじょうせい》は、まったく予断《よだん》をゆるさないありさまだった。——そこへもってきて、過激派《かげきは》や、攘夷武士《じょういぶし》の幕府《ばくふ》要人、外人の殺傷事件《さっしょうじけん》があい次いだ。いわく桜田門外《さくらだもんがい》の変、いわく坂下門外《さかしたもんがい》の変、いわく寺田屋事件《やじけん》、いわく生麦事件《なまむぎじけん》……そして文久《ぶんきゅう》三年にいたるや、薩英《さつえい》戦争、下ノ関砲撃《しものせきほうげき》、天誅組《てんちゅうぐみ》、平野国臣《ひらのくにおみ》の生野挙兵《いくのきょへい》、さらに八月十八日政変《せいへん》による、尊攘公卿追放《そんじょうくぎょうついほう》、いわゆる七卿落《しちきょうお》ち と……情勢《じょうせい》はさらに紛糾《ふんきゅう》の度《ど》を加え出していたのである。

——とにかくこのニュースがすっぱぬかれると、「穴《あな》」さわぎはまた次元のちがった様相《ようそう》を呈《てい》しはじめた。幕府《ばくふ》との秘密《ひみつ》会談のあと、今度《こんど》は才谷梅太郎《さいたにうめたろう》という浪人《ろうにん》が、ひそかにこちら側にやって来て、関西出身の某政界《ぼうせいかい》実力者に会ったという噂《うわさ》が流れ、才谷《さいたに》というのが、例の薩長連合《さっちょうれんごう》の大立物《おおたてもの》、土佐《とさ》の坂本竜馬《さかもとりょうま》の変名だということがわかると、さわぎはまさに「政治的《せいじてき》」段階《だんかい》へはいって行った。

政府《せいふ》は江戸時代軍事援助《えどじだいぐんじえんじょ》の意向があるのか？　と国会で野党《やとう》が質問《しつもん》した。政府《せいふ》は慎《しん》重《ちょう》にかまえていた――むろん自衛《じえい》とは関係ないから軍事援助《ぐんじえんじょ》はしない。――江戸《えど》時代であろうとも、同じ日本だから、やはり自衛ではないか、と別の声がいう。若干《じゃっかん》の経《けい》済《ざい》上、学問上の援助《えんじょ》はしてもいいと考えていると政府回答《せいふかいとう》――しかし、倒潰寸前《とうかいすんぜん》にある江戸幕府《えどばくふ》をむこうの時代の唯一《ゆいいつ》の公式政府《せいふ》と見なすのはおかしい、という声も当然あがって来た。それは例によって政府《せいふ》の事大主義《じだいしゅぎ》、官僚主義《かんりょうしゅぎ》だ。むしろ明日の主流たる薩長《さっちょう》を援助《えんじょ》して、維新政府《いしんせいふ》の成立安定を早めるべきである。――とりあえず薩摩《さつま》を救えと鹿児島県《かごしまけん》の人々が動き出した。――いや、皇室《こうしつ》を忘《わす》れてどうするか！　とい う声があがる。孝明天皇暗殺《こうめいてんのうあんさつ》を未然に防《ふせ》げ！　いや、もしそんなことをして、歴史の流れをかえてしまったら――ワイワイガヤガヤ……。

「一体こりゃどうなるんだ……」

日毎《ひごと》のさわぎで、安眠《あんみん》さえできない村民たちは、毎日集ってはぼやいている。

「何で、昔の事にそんなにさわぐだ。今の方がよっぽど進んでるのに……」

そうこうするうちに、幕府《ばくふ》の方からは返答についての矢の催促《さいそく》がはじまった、――

もし、受け入れないのだったら、今後あの穴《あな》の江戸《えど》時代《じだい》側を永久《えいきゅう》に閉《と》じ、侵入《しんにゅう》するものは用捨《ようしゃ》なく殺害する、——とまで強い態度《たいど》に出て来た。——せっかくの〝文化財《ぶんかざい》〟を、とだえさせるのはおしいというので、政府《せいふ》は煮《に》え切《き》らないながら、さしあたっての多少の経済《けいざい》、学術《がくじゅつ》上の援助《えんじょ》をあたえる約束をした。一つには諸外国《しょがいこく》の金銀《きんぎん》比価《ひか》の差を利用した。金買《か》い漁《あさ》りを封《ふう》じ、金の国外流出を防《ふせ》ぐふくみもあった。それに来るべき明治期《めいじき》の、廃仏毀釈《はいぶつきしゃく》や、浮世絵《うきよえ》骨董《こっとう》の海外流出による文化財《ぶんかざい》の損失《そんしつ》をできるだけ防《ふせ》ごう——これがまずあたりさわりのない線だった。当座《とうざ》、こちらからは、繊維製品《せんいせいひん》、食糧《しょくりょう》などを送る……。だが、ここにいたると、こちら側では、奇妙《きみょう》な愛国論《あいこくろん》が頭をもたげて来た。「憂国江戸援助協会《ゆうこくえどえんじょきょうかい》」などという、妙《みょう》な団体《だんたい》ができて、しきりに演説会《えんぜつかい》をひらいたり、ポスターをはったりした。

「諸外国《しょがいこく》の牙《きば》にさらされた江戸時代《えどじだい》を救え！　江戸期《えどき》に、現代産業を出現《しゅつげん》せしめ、もって日本を一挙に、十九世紀の最先進国たらしめよ！　かくすることによって、われわれは、第二次大戦において敗戦の憂《う》き目《め》を見ないですむであろう！」

よく考えてみると、何だか矛盾《むじゅん》だらけのこんな論議《ろんぎ》がまじめに叫《さけ》ばれたりした。もっと、もっともらしくて、もっと変なのは、江戸時代《えどじだい》に政治経済顧問団《せいじけいざいこもんだん》を派遣《はけん》し、同時に大々的な過去開発《かこかいはつ》をやる。そうすれば、資源《しげん》はまだ豊富《ほうふ》だし、労働力は安いし、地価《ちか》も安い。政治関係《せいじかんけい》では、現代が後見《こうけん》になってやって、幕府《ばくふ》、諸藩《しょはん》の調停《ちょうてい》をやり、一挙に民主主義政体《せいたい》へもって行く。こうして過去《かこ》に新市場をもとめ、十九世紀、二十世紀ともども手をとって繁栄《はんえい》しようではないか、というのだ。——こんな論議《ろんぎ》の合間に、右翼《うよく》の一部は、現代《げんだい》に求められぬ血気《けっき》の行動にあこがれて、二十世紀尊皇決死隊《そんのうけっしたい》を作って——潜行《せんこう》しようとしているという噂《うわさ》も流れた。いや、左翼《さよく》の中にだって——その当時に頻発《ひんぱつ》する農村一揆《のうそんいっき》を組織《そしき》して、一挙に人民政府《じんみんせいふ》を樹立《じゅりつ》しようという議論《ぎろん》がでたということだった。

無論《むろん》、日本古来の武士道精神鼓吹《ぶしどうせいしんこすい》のために幕末《ばくまつ》の偉人《いじん》を招《しょう》へいしようとか、暗殺されるはずの志士《しし》の誰彼《だれかれ》を、現代《げんだい》へ救い出そうかという動きもあった。——傑作《けっさく》なのは、現代《げんだい》の混乱《こんらん》したやくざ道《どう》を正すため、清水《しみず》の次郎長《じろちょう》に来てもらおうという動きがあった事だ――だがいずれにしても、むこうはこっちほどヒマではなかった。
一方、日本が過去援助《えんじょ》をしようとしている噂《うわさ》が海外にながれると、今度《こんど》は大国がだまっていなかった。そんなことをして、世界史の歩みを変えようというのなら、各国もだまっていられない。あの穴《あな》は、十九世紀の全世界に通じているのだから、当然各国とも、自分の国を援助《えんじょ》する権利《けんり》がある。――某国《ぼうこく》は、生産機械の、またある国は核《かく》兵器《へいき》の無償提供《むしょうていきょう》をほのめかした。歴史上の偉材《いざい》を救おうとする運動は全世界に起りかけていた。そこまで行かなくとも、学術調査《がくじゅつちょうさ》という面からだけ見ても、日本だけがその穴《あな》を独占《どくせん》しようとするのはよくない。せめて国連管理にうつそうという意見が出だして、国際世論《こくさいよろん》に弱い日本政府《にほんせいふ》をあわてさせた。アメリカが、つづいて、伝統《でんとう》をほこるヨーロッパ諸国《しょこく》が圧力《あつりょく》をかけはじめた……。

　本当に何というキチガイ沙汰《ざた》だったか！――それにしても、なぜみんな、ああまで過去に夢中《むちゅう》になったのか？　それは、興奮《こうふん》すべきことだったろうけれど、あそこまでみんなが夢中《むちゅう》になったのは、いま思いかえしてみてもわけがわからない。現代が、未来を失っているためだろうか？　危機意識《ききいしき》さえ相対化されてしまう、この平和共存《へいわきょうぞん》の時代にあって、われわれは、一体どんな未来をもっているのだろう？——所得倍増《しょとくばいぞう》か？　誰《だれ》もが一戸建ての住宅《じゅうたく》と、自家用車をもつことか？　月から送られてくるテレビ映像《えいぞう》か？——よろしい。今日存在《そんざい》しないものは、明日存在《そんざい》するようになるだろう。そしてそれが出現していしまった明日は、きのうなかったものが存在《そんざい》している今日と、そっくりの容貌《ようぼう》をもっているだろう——未来は持続の上に姿《すがた》を現《あら》わさず、むしろ断絶《だんぜつ》の中に、大変動、革命《かくめい》や戦争の中に、ふとその恐《おそ》ろしくも新鮮《しんせん》な姿《すがた》を垣間《かいま》見《み》せるものだ——こんな時代にあっては、すでにすぎ去った時代の記憶《きおく》が、「未来」の代替物《だいたいぶつ》の役目をはたすのだろうか？——それに我々《われわれ》の時代は、この過去《かこ》の上にあった。これが百年未来と通ずる穴《あな》だったら、ひょっとしたらわれわれの方が防戦《ぼうせん》にまわらねばならず、そこから危機《きき》がほころびたかも知れない。だが、我々《われわれ》はその時代より進んでおり、その時代の危機《きき》に対して、どこかヤジ馬的気分で接《せっ》していた。——その時われわれが過去《かこ》に求めたスリルと興奮《こうふん》は、スポーツ見物のそれだったかも知れない。

とにかく「穴《あな》」をめぐってのバカさわぎは、一向おとろえようとせず、しまいには御先祖《ごせんぞ》にあいたいという宗教団体《しゅうきょうだんたい》の大集団《だいしゅうだん》が、山のそばまでデモをかけたり、きびしい資格制限《しかくせいげん》のもとに交換《こうかん》されていた派遣《はけん》人員の間に不祥事《ふしょうじ》が起ったりしはじめた。

――丁髷姿《ちょんまげすがた》の武士《ぶし》の一行が、自動車の走りまわるビルの谷間をぞろぞろ歩いていると、たちまち人だかりで交通麻痺《こうつうまひ》がおこる始末だったし、一度《いちど》は通行人が無礼うちをかけられて、悶着《もんちゃく》を起したことがあった。以後、江戸《えど》よりの視察団《しさつだん》はもっぱら観光バスにたよることにした。

「御先祖様《ごせんぞさま》に、はずかしいところを見せないようにしましょう！」

さっそく婦人団体《ふじんだんたい》や、何々文化団体《ぶんかだんたい》が、こんなスローガンをかかげた。――だが、向うは、この現代《げんだい》の目まぐるしさに、目をまわしているばかりだった。――こちらは彼等《かれら》のために、古風な日本風旅館を準備《じゅんび》したが、進取《しんしゅ》の気象にとんだ彼等《かれら》は、むしろ近代的な洋式ホテルにとまりたがった。

きびしい警備《けいび》の眼《め》をくぐって、密出入時代者《みっしゅつにゅうじだいしゃ》も両方から出て来だした。志士《しし》と称《しょう》する下級武士《かきゅうぶし》や、生活に困《こま》った近郷《きんごう》の百姓《ひゃくしょう》たちが、二十世紀の繁栄《はんえい》をきいてひそかにこちらにぬけてこようとした。噂《うわさ》にきけば、専門《せんもん》の密航業者《みっこうぎょうしゃ》たちが、どこかにあの穴《あな》へ通じるトンネルをほり出したということだった。――こちらからの密航者《みっこうしゃ》もあった。極右団体《きょくうだんたい》の老若《ろうにゃく》の中に、数人完全にむこうへ脱出《だっしゅつ》したものもいるという。きっと血気《けっき》の下級武士《かきゅうぶし》たちとまじわって、志士《しし》気どりにおだをあげていたことだろう。
――ひょっとすると、あっさり斬《き》られているかも知れない。また極左学生《きょくさがくせい》の一人は、農村一揆《のうそんいっき》をあおりに密航《みっこう》して行って、逆《ぎゃく》に百姓《ひゃくしょう》に訴《うった》えられ、あげくの果てに殺されたということだった。――こんなてんやわんやの中に、時は次第《しだい》にたって行った。

一体この先どうなるんだ！

そういう空気がようやく出だしたのは、一九六四年の年があけたころからだった。

このままずっと、過去と一しょにすごして行くのか？――江戸時代《えどじだい》を開発し、一挙に近代化したら、その直接の結果である現代《げんだい》はどうなるんだ？――

そんな声が起ってきた矢先に、元治元年《げんじがんねん》旧六月《きゅうろくがつ》、池田屋《いけだや》に勤皇《きんのう》の志士《しし》をおそった新選組《しんせんぐみ》の一隊が、アンタッチャブルよろしく、自動小銃《じどうしょうじゅう》をもってなぐりこみをかけたというニュースがはいって、一同を愕然《がくぜん》とさせた。——無論政府《むろんせいふ》の責任《せきにん》がさけばれた。政府《せいふ》はひそかに幕府《ばくふ》に武器貸与《ぶきたいよ》したのではないか？　あるいは、武器密輸団体《ぶきみつゆだんたい》が動いているのではないか？

「みなさん！　過去《かこ》にばかりかまっていないで、明日のことも考えて下さい！」悲痛《ひつう》な叫《さけ》びが、オリンピック委員会からも上った。「このままでは、秋のオリンピックがひらけそうにありません！」

本当をいえば、僕《ぼく》はこういったさわぎにあまり関係はなかった。それというのも、僕《ぼく》とおばアちゃんは、「穴《あな》」の唯一《ゆいいつ》の正式所有者という特権《とっけん》によって、自由に江戸時《えどじ》代《だい》へ行けたからかも知れない。——といっても向うでの行動範囲《こうどうはんい》は、穴《あな》の出口界隈《かいわい》にかぎられていたが……。

おばアちゃんは、向うの木村家《きむらけ》にいりびたりだった。おばアちゃんの親父《おやじ》、三右衛《さんえ》門《もん》氏は討幕運動《とうばくうんどう》に走って家にいなかったから、もっぱらおばアちゃんの祖父母《そふぼ》、僕《ぼく》の曾々父母《そうそふぼ》と話しこむだけだったが、それでも大満足らしかった。向うも木村家《きむらけ》が別にほろびもせず（といったって僕《ぼく》の代になったらわからないが）百年もつづいていたというだけで、向うは満足しているらしかった。――僕《ぼく》の方は木村家《きむらけ》の人たちより、その家の中働《なかばたら》きのたけという十七の娘《むすめ》とよく話した。こちらのセブンティーンとはまるでちがう。すなおで、よく働き、信心のあつい彼女《かのじょ》が珍《めず》らしかったのだ。――彼女《かのじょ》は特に僕《ぼく》に親切だったわけでなく、誰《だれ》にでもそうらしかった。

僕《ぼく》は――江戸時代《えどじだい》の生活をのぞくことに心をうばわれていた。花のお江戸《えど》はいざ知らず、江戸《えど》末期の地方生活なんて、どんなに陰惨《いんさん》な感じのするものだったか！――百姓町人《ひゃくしょうちょうにん》は、背《せ》がおそろしく低く、特に百姓《ひゃくしょう》は重労働に背《せ》や腰《こし》は曲り、その頭は絶《た》えず卑屈《ひくつ》に垂《た》れさげられるためだけにあるみたいだった。栄養不良や風土病や寄生《きせい》虫《ちゅう》のために、顔色は青黒く、顔面がペシャンコで、つぎはぎだらけの垢《あか》じみた着物を着ており、まるで未開民族みたいだった。——武士《ぶし》はやたらにいばっていた。地主が土下座《どげざ》する小作人の肩《かた》を足蹴《あしげ》するのも、酔《よ》いどれ役人が、何の罪《つみ》もない中年女の背中《せなか》を、木の枝《えだ》でうちすえるのも目撃《もくげき》した。それを見て、何度《なんど》とび出そうと思ったかわからない。——そんな光景を見ていると、小暴力排除運動《しょうぼうりょくはいじょうんどう》が叫《さけ》ばれながら、あまり成功していない理由——。日本庶民《にほんしょみん》のなかに根深く巣くっている暴力《ぼうりょく》に対する恐怖《きょうふ》が理《り》解《かい》できるような気がした。暴力《ぼうりょく》が正当化されているのは、何百年の間、武士《ぶし》にとってのみであり、維新後だって、そうだったのだ——庶民《しょみん》が暴力《ぼうりょく》をふるうのは、集団《しゅうだん》の形でしかあり得まい。

それにしても、現代《げんだい》の普通人《ふつうじん》の眼《め》をもってながめるならば、何という暗い、陰惨《いんさん》な、不潔《ふけつ》で非生産的《ひせいさんてき》な時代だったろう。傾《かたむ》いた臭《くさ》い藁屋《わらや》に、家畜《かちく》のようにごろ寝《ね》している農民たち、ほこりだらけの道、不作と、物価暴騰《ぶっかぼうとう》と、苛斂誅求《かれんちゅうきゅう》と、病疫《びょうえき》と、飢餓《きが》と——しかもそんな中で、生きる努力が人々の間につづけられ、上層部《じょうそうぶ》では、新時代の嵐《あらし》がさわいでいたのだ。僕《ぼく》はある日、おかげまいりの集団《しゅうだん》が、きちがいみたいに踊《おど》りくるいながら、畦道《あぜみち》をわたって行くのを見て、ひそかに戦慄《せんりつ》した。――そこに見られる盲目的《もうもくてき》エネルギーは、一見集団的狂気《しゅうだんてききょうき》としか見えなかった。

――一体どうするのか？ と僕《ぼく》は思った。このきちがいじみた穴《あな》の向うの世界を、「現代」は一体どうするのか？ 今はただささわいでいるが、このまま見すごすことは、時間がたてばたつほどむずかしくなってくるだろう。それならば、一体われわれはこの先どうすればいいのか？

――そんなある日の晩《ばん》、僕《ぼく》は穴《あな》の中にいろんな観測機械《かんそくきかい》をもちこんで研究している物理学者の一人《ひとり》に声をかけられた。

「君、気がついたか？」と物理学者はいった。「しょっ中行《ちゅうい》き来《き》しているんだから、何か異変《いへん》に気がつかないか？ 計器類には、わずかながら、はっきり変化が出ているんだけど」

「そうですね――」僕《ぼく》はちょっと考えていった。「そういえば――穴《あな》が長くなったような気がします」

学者はギョッとしたように顔をあげた。

「なるほど……」と彼《かれ》はつぶやいた。

「そうかも知らん。穴《あな》がねじれ出している」

「本当ですか？」僕《ぼく》は何とはなしに戦慄《せんりつ》した。

「ああ、われわれは重力場《じゅうりょくば》の歪《ゆが》みを直線と感ずるから気がつかんがね」

その時、僕《ぼく》はたけに穴《あな》の中まで送って来てもらっていた。

物理学者がヒタヒタと足音をひびかせて、闇《やみ》の中に消えて行くと、暗いランプの明りの中に、僕《ぼく》とたけとは二人だけでとり残された。たけはその白い、細面《ほそおもて》の顔をあおのかせて、何ということなしにほほえんだ。——今さらいうのも照《て》れ臭《くさ》いが、僕《ぼく》は江《え》戸時代《どじだい》で知った、唯一《ゆいいつ》の若《わか》い娘《むすめ》である彼女《かのじょ》と、いつの間にか親しくしていた。木村家《きむらけ》の小作人《こさくにん》の娘《むすめ》であるこの可憐《かれん》な娘《むすめ》は、草花のように青白い小柄《こがら》な体に、いつも忍従《にんじゅう》のわびしい影《かげ》をにじませて、木村《きむら》の家で機《はた》を織《お》っている時にか細い声でうたう歌などは、ふと涙《なみだ》をそそられることもあった。——それでもその時までは、別にどうということもなかった。だが、近く「穴」に異変が起るかも知れないという予感が、ふいに彼女《かのじょ》のかぼそい存在《そんざい》を、僕《ぼく》にとって特別なものにしたみたいだった。

「たけさん……」と僕《ぼく》はいった。「あんたもこっちの時代へ来たら……」

たけの顔に、何か勘《かん》ちがいしたらしい動揺《どうよう》が走った。それを見て僕《ぼく》の方も狼狽《ろうばい》した。

「あんたみたいな若《わか》い娘《むすめ》が、あんなひどい労働をしなくても……」僕《ぼく》はへどもどしていった。肩《かた》にかけた手の下で、たけが突然《とつぜん》はげしくもがきはじめた。

「いけません！」とたけが叫《さけ》んだ。「いけません！　いけません！　いけません……」

＊

それからしばらくしてから、「穴《あな》」に起った異変《いへん》は、学者たちにとっては、予期されたことであり、その他の人々にとっては、突然《とつぜん》のことだった。――ある日、幕府《ばくふ》といよいよ本格的《ほんかくてき》な交渉《こうしょう》をもとうと出かけていった政府代表団《せいふだいひょうだん》が、どういうわけか穴《あな》にはいったと思うとすぐに出て来た。

「どういうわけだ？」政府代表《せいふだいひょう》はポカンと口をあけてあたりを見まわした。「まっすぐはいって行ったら――もとの所へ出ちまった！」

「穴《あな》」がふさがったというニュースが、伝わった時、最初に「穴《あな》」の正体がわかった時と、ほとんど同じくらいのさわぎが、全国に起った。――だが最初の時にくらべて、さわぎが冷えて行くスピードは数十倍も早かった。それでも、まっすぐ歩いて行くと、もとの所へ出てしまう奇妙《きみょう》な穴《あな》は、しばらくの間、ヤジ馬に珍《めず》らしがられた。

「折り重ねられた、時空連続体の接点《せってん》が、移動《いどう》するのではないかということは……」と物理学者は説明した。「最近あの穴《あな》の中で、特に顕著《けんちょ》だった重力場偏差《じゅうりょくばへんさ》の変動から、予測《よそく》されたことでありました。――思うに、時空連続体は波うっており、それ自体のうねりの周期によって、時に短絡回路ができたり、また、未来と過去《かこ》とがいれかわるというような現象《げんしょう》も起り得ると考えられます」

「〝神隠し山《かみかくしやま》〟に過去《かこ》にたびたび神隠《かみかく》し現象《げんしょう》が起ったことを考えると、ひょっとすると、あの地点は特に、時空連続体のねじれの結節点になっているのかも知れません。現在《げんざい》でも各種の測定《そくてい》結果は、あの穴《あな》の中央部が、百年前の世界と双曲線的《そうきょくせんてき》に接近《せっきん》しているると考えられ、今後小さなうねりの変動によって、一時的につながることもあり得るでしょう。しかし、この二十世紀の世界が百年前の世界と徐々《じょじょ》にはなれつつあることはたしかであります。――もっとも木村家《きむらけ》で発見された、明治元年《めいじがんねん》の写真を見ると、ここ数年の間は、あの山に手をくわえることは危険《きけん》だと思います」(この警告《けいこく》は、穴《あな》に対する関心が急速に冷えて行く時、いっしょに忘《わす》れ去《さ》られ、その後も無視《むし》された。それが結局四年後にあの神隠し山トンネル列車消失事件を起すことになったのである)

「われわれが、過去《かこ》に対して多くの干渉《かんしょう》をもったことが、現在の歴史に影響《えいきょう》を及《およ》ぼすのではないかという疑問《ぎもん》は、まだ残っているようです。しかし――今は穴《あな》がふさがったから申しますが――その危険《きけん》はないと思います。なぜなら、現在《げんざい》は過去《かこ》の直接《ちょくせつ》の結果ではなく、たまたま実現《じつげん》された可能性《かのうせい》の一つにすぎません。――我々《われわれ》が干渉《かんしょう》したあの江戸《えど》末期の時点からは、もう一つの別の歴史過程《かてい》が進展《しんてん》して行くでありましょう。

それは細部において異《こと》なりながら、われわれの住む世界にそっくりの平行世界《パラレル・ワールド》として、われわれのすぐ隣《とな》りに進展《しんてん》して行くでありましょう。しかし、その世界は、われわれの世界とよく似《に》ていながら、相互《そうご》に何の関係もないでしょう。——今後また何か未知の偶然現象《ぐうぜんげんしょう》が、二つの世界を接触《せっしょく》させないかぎりは……」

——あの奇妙《きみょう》な現象《げんしょう》があっけなく幕《まく》を閉《と》じると、やがてそれは一場の悪夢《あくむ》となって消えうせてしまい、すべてはまた、もとの秩序《ちつじょ》へもどって行った。東京オリンピックも、何とか無事に開催《かいさい》でき、日本側は予想通り——まあ、そんなことはどうでもいいだろう。

むろん、あれだけの興奮《こうふん》の余燼《よじん》は長く後をひいた。あの現象《げんしょう》のメカニズムを理解《りかい》しようともせず、何という惜《お》しい、千載一遇《せんざいいちぐう》の文化的チャンスをのがしたかという悲憤《ひふん》慷慨《こうがい》が、ジャーナリズムをにぎわした。しかしそれも一時的なことであって、結局は誰《だれ》も彼《かれ》も、お祭りさわぎがすんで内心ほっとしていたのではないだろうか？——あの過去《かこ》との交渉《こうしょう》が、このまま、ずっと、継続《けいぞく》していたら……。百年をへだてた二つの世界が、地球的規模《きぼ》でまじりあってしまったら、一体どうなっただろう？

悪夢《あくむ》のすぎ去ったあとは、丁度《ちょうど》台風のあとのように、誰《だれ》の眼《め》にもこの世界がフレッシュに見えた。みんな、よるとさわると元気よく、不思議なことだった、面白《おもしろ》かった、あの時はこうすべきだった、「穴《あな》」がなくなって残念だ、などとしゃべりあった。

——だが、これもやはり一時的な現象《げんしょう》であってやがては、あの戦争のことのように忘《わす》れ去《さ》られてしまうのである。

——この異変《いへん》がのこしていった若干《じゃっかん》の痕跡《こんせき》もあった。この時代の人間の数人が、あの穴《あな》が閉《と》ざされた時、むこう側にのこり、もっと大勢《おおぜい》の武士《ぶし》たちが、こちら側にのこった。むこう側にいった人間についてはは想像《そうぞう》もつかないが、こちら側の武士《ぶし》たちは、二人が切腹《せっぷく》し、あとの連中は、生きのこって見果てぬ懐旧《かいきゅう》の夢《ゆめ》を追った。——精神《せいしん》教育《きょう》の講師《こうし》となったものもあり、月に一度《いちど》は同時代人がよりあっては、江戸時代《えどじだい》から見てこの時代の恐《おそ》るべき堕落《だらく》を、悲憤慷慨《ひふんこうがい》するのだった。

蹴尻村《けじりむら》も、今はまた、のどかな、退屈《たいくつ》な村にもどった。――三十億円まで値《ね》がついたあの山も、今は買おうとする人間もなくなった。おばアちゃんは、あの事件《じけん》以来、何だかめっきり元気がなくなって、毎日縁側《えんがわ》に坐《すわ》って、じっと山を見つめている。とうとう一度しか顔を見られなかった、幼《おさな》い時に死にわかれた父、三右衛門《さんえもん》のことを思っているのかも知れない。僕《ぼく》は――。

そうだ、僕《ぼく》は、あの事件《じけん》によって、深い影響《えいきょう》をうけた数少ない人間の一人だろう。――僕《ぼく》はしょっちゅう、むこう側の世界をのぞくことができた。その結果あの陰惨《いんさん》な江戸時代《えどじだい》の農村生活のムードが心の底に黒くしみつくことになった。

いま、のどかで、それなりにゆたかな村の風景をながめると、この現代《げんだい》の農村生活が、あの陰惨《いんさん》な江戸期《えどき》農村の上に築《きず》き上《あ》げられているのが夢《ゆめ》のような気がするのだ。

――しかし、農協の明るい白ぬりの建物や、どの家にも立っているテレビアンテナや、自動耕うん機のひびきや、明るい子供《こども》たちの声の下に、やっぱりどす黒い過去《かこ》がぬりこめられているような気がする。あの暗さは、まだ農村のそこかしこに淀《よど》んでいる。

――それが完全にぬりこめられてしまうのには、あとどのくらいの世代と、改造《かいぞう》がつみかさねられねばならないだろうか？　過去《かこ》はもう、二度とよみがえって、現代《げんだい》の上に狂気《きょうき》としてとりつくことがないのだろうか？

あの事件《じけん》は、こういったことについて、僕《ぼく》に考えはじめさせるきっかけとなった。これからまだ長い時間がかかるだろうが、僕《ぼく》はこのことについて、たとえとぎれとぎれでも、ずっと考えて行くことになるだろう。今も、たとえば、あの納戸《なんど》にあった花見道具を、テレビの横において、僕《ぼく》はふと考える。

――長い事かかって少しずつ改良され美しい知恵《ちえ》がいっぱいにもりこまれ今もなおその美しさが胸《むね》をうつこの道具をうみ出したあの時代と、四、五年たてばガタが来て、それでなくても毎年新型が出て、古くなって行くテレビをうみ出したこの時代と、一体どちらがすぐれているのだろうか、と。――もっとも、これは愚問《ぐもん》かもしれない。人間のつくり出す道具は、常《つね》にその時代の中でのみ、その正しい意味を持つのだから……。

しかし、あの丈夫《じょうぶ》で、時代のついた渋《しぶ》い織物《おりもの》などを眺《なが》めると、その質《しつ》のよさに感嘆《かんたん》するとともに、今はこの織物《おりもの》を一織《ひとお》り一織《ひとお》り織《お》り上げていった、あのたけの、白い指先と、わびしい顔のことが同時に思い出されてくる。

そうだ、たけ！——彼女《かのじょ》のことを思うと、僕《ぼく》はいつも奇妙《きみょう》な幻惑《げんわく》におそわれる。たった一度の、まちがいで、そんなばかなことはないと思うが、——曾祖父《そうそふ》三右衛門《さんえもん》の庶《しょ》子《し》として、木村家《きむらけ》にはいり、養女うめと結婚《けっこん》した二代目三右衛門《さんえもん》、すなわち僕《ぼく》の祖父《そふ》が——その生年月日などから見てひょっとしたら、僕の子ではないかという妄想《もうそう》が、つきまとってはなれないのだ。つまり、僕自身こそ、僕の本当の曾祖父ではないかという妄想《もうそう》が……。

時《とき》越《ごえ》半《はん》四《し》郎《ろう》

筒《つつ》井《い》康《やす》隆《たか》

奥州《おうしゅう》のさる藩《はん》に、片倉半四郎《かたくらはんしろう》という馬廻《うままわり》七十石《こく》の若侍《わかざむらい》がいた。父は片倉源内《かたくらげんない》といい、槍組《やりぐみ》と鉄砲組《てっぽうぐみ》を預《あず》かっていた。片倉家《かたくらけ》はその藩主《はんしゅ》に仕《つか》えて五代という家柄《いえがら》で、半四郎《はんしろう》は源内《げんない》のひとり息子《むすこ》だった。

半四郎《はんしろう》は容貌《ようぼう》も性格《せいかく》も、父源内《げんない》に似《に》ず、また母のさ、と女《じょ》にも似《に》なかった。彼《かれ》は一風変った若者《わかもの》だった。

身体《からだ》つきからして武骨《ぶこつ》な父に比《くら》べ、半四郎《はんしろう》はすらりと背《せ》が高く、肩《かた》の肉が薄《うす》く、色白で、女のように整った顔をしていた。鼻の高さと瞳《ひとみ》の色の明るさは、彼《かれ》を見る者に異人《いじん》を連想させたし、その立居振舞《たちいふるまい》の一種のぎごちなさは、始終《しじゅう》同じ部屋の若侍《わかざむらい》たちに奇異《きい》の念を抱《いだ》かせた。

姿《すがた》かたちが変っているだけでなく、その言動も他の侍《さむらい》たちと比《くら》べれば著《いちじる》しく奇矯《ききょう》だった。といっても、愚鈍《ぐどん》とか精神病質《せいしんびょうしつ》といった類のものではなく、むしろ彼《かれ》の冴《さ》えた知性《ちせい》が、大柄《おおへい》な彼《かれ》自身の言動を、一種の冷たさを感じさせる機械的なものにまで律《りっ》したためだったといえるだろう。そのため彼《かれ》は、同じ部屋の者や同輩《どうはい》と、折りあいが悪かった。仕事の上では事務処理《じむしょり》が巧《たく》みで、どんなややこしい問題もてきぱきと片《かた》づけたが、反面それが論理的《ろんりてき》に過《す》ぎて、しばしば感情的《かんじょうてき》な反対に会ったりした。だが問題がこじれた時、客観的《きゃっかんてき》には誰《だれ》が見ても理屈《りくつ》の上では半四郎《はんしろう》に分があった。それ故《ゆえ》にこそ彼《かれ》はますます反感を買うことになった。

彼《かれ》は文学技芸《ぎげい》の才はなかったが、数学、論理的判断力《ろんりてきはんだんりょく》、特に記憶力《きおくりょく》は抜群《ばつぐん》だった。この点だけは彼《かれ》を嫌《きら》う者でさえ認《みと》めぬわけにはいかなかった。また武芸《ぶげい》の面でも同輩《どうはい》に優《まさ》っていた。ただし師範《しはん》や師範代《しはんだい》は彼《かれ》の剣《けん》を邪道《じゃどう》として褒《ほ》めなかった。半四郎《はんしろう》としては、からだつきが他の者と違《ちが》う関係上、苦労して自己流《じこりゅう》の剣《けん》を考え出す他なかったのだが。

ある日彼《かれ》は同輩《どうはい》の岡村喜七郎《おかむらきしちろう》から、果《は》し状《じょう》を突《つ》きつけられた。四、五日前に半四郎《はんしろう》が、岡村《おかむら》の事務《じむ》手続上の不備《ふび》を大勢《おおぜい》の前で指摘《してき》したことがあった。それを恨《うら》んでの挑《ちょう》戦《せん》であろうと思われた。

使いの者から果《はた》し状《じょう》を自宅《じたく》で受けとった半四郎《はんしろう》は、すぐに岡村《おかむら》の邸《やしき》へ行き、喜七郎《きしちろう》に会った。

「今、使いの者から果《はた》し状《じょう》を貰《もら》った」と、彼《かれ》はいった。

「そうか」喜七郎《きしちろう》は頷《うなず》いた。「受けとれ」

「いや、受けとらぬ」半四郎《はんしろう》は果《はた》し状《じょう》を彼《かれ》の前に置いた。「これは返す」

「どうしてだ」喜七郎《きしちろう》は啞然《あぜん》とした。

「果し合いをすれば、どちらかが死ぬか、あるいは怪我《けが》をする。おそらくは拙者《せっしゃ》の方が勝つだろうが、これはどうかわからん。貴公《きこう》が勝つかもしれん」

「それがどうした」

「つまらん。馬鹿馬鹿《ばかばか》しい。やめようではないか」

「なるほど」喜七郎《きしちろう》は背《せ》を反らせた。「では貴公《きこう》は、拙者《せっしゃ》にあやまりに来たのか」

「何をあやまるのだ」今度は半四郎《はんしろう》が啞然《あぜん》とした。「拙者《せっしゃ》は貴公《きこう》にあやまることなど、何もしていない。貴公《きこう》はおそらく、四日前のことを怒《おこ》っているのだろうが、あれは誰《だれ》が見ても貴公《きこう》の手落ちだ」

「お前は満座《まんざ》の中で、おれに恥《はじ》をかかした」喜七郎《きしちろう》はいきり立った。「武士《ぶし》の面目《めんぼく》がつぶれた。果たし合いをしろ」

「貴公《きこう》が悪いのだ。それがまだわからないのか。だいたいあの未決の書類を挟《はさ》んだ扇《おうぎ》を御用箱《ごようばこ》の中へなど」

「おれはそんなことはいっていない」喜七郎《きしちろう》はますます怒《いか》り狂《くる》った。「おれに恥《はじ》をかかせたことを、あやまるのか、あやまらんのか」

「あやまらんといったではないか」と、半四郎《はんしろう》はいった。「貴公《きこう》の手落ちを指摘《してき》しなければ、あの書類の行方《ゆくえ》は皆《みな》にわからなかった。拙者《せっしゃ》の手落ちと思われてはつまらんし、第一そうではないのだから、それはまちがいだ」

「きさまはわざと、皆《みな》の前で言ったのだ」

「その方が皆《みな》の労力を省けるからだ」

「なに」喜七郎《きしちろう》は立ちあがった。「同輩《どうはい》に恥《はじ》をかかせて平気か」

「あれを恥《はじ》というのなら、貴公《きこう》は恥《はじ》をかくべきだった。他人にさえわからなければ、貴公《きこう》は自分に対して恥《はじ》をかかないというのか」

「こここやつ！」怒《いか》りで口がきけなくなった喜七郎《きしちろう》は、刀を抜《ぬ》いた。

半四郎《はんしろう》はあわてて庭へ裸足《はだし》のまま駈《か》けおり、振《ふ》り返《かえ》って叫《さけ》んだ。「おれは抜《ぬ》かんぞ。刀を抜《ぬ》いていない者を斬《き》るつもりか」

「この臆病者《おくびょうもの》め。そんなに命が惜《お》しいか」

「惜《お》しい」半四郎《はんしろう》は追ってくる喜七郎《きしちろう》の刀を避《さ》けて、築山《つきやま》の周囲を逃《に》げまわりながら叫《さけ》んだ。

「おれは自分の命を惜《お》しむ。貴公《きこう》の命も惜《お》しむ」

喜七郎《きしちろう》は半四郎《はんしろう》を垣根《かきね》ぎわに追いつめた。大上段《だいじょうだん》に刀を振《ふ》りかぶろうとした時、急に半四郎《はんしろう》の姿《すがた》は、かき消すように見えなくなった。

「あ」

喜七郎《きしちろう》はおどろいて、周囲を見まわした。それから庭中を探《さが》しまわった。だが、半《はん》四郎《しろう》はどこにもいなかった。

それから二日の間、半四郎《はんしろう》は完全に消えていた。どこへも姿《すがた》をあらわさなかった。

喜七郎《きしちろう》は同輩《どうはい》たちに、自分の邸《やしき》での一件《いっけん》を話し、あれは世にもめずらしい卑怯《ひきょう》未《み》練《れん》な臆病者《おくびょうもの》だと、口を極《きわ》めて罵《ののし》り、嘲《あざわら》った。半四郎《はんしろう》の腕《うで》の立つことを知っている者は喜七郎《きしちろう》の言葉に首を傾《かし》げたが、当の本人がどこかへ隠《かく》れたまま姿《すがた》を見せないのでは、喜七郎《きしちろう》のいうことを信じないわけにはいかなかった。半四郎《はんしろう》はその二日間、もちろん登城《とじょう》もせず、自宅《じたく》へも戻《もど》らず、通いつめていた学問所へもあらわれなかった。

二日めの夜、上役《うわやく》の後藤主殿《ごとうしゅでん》が仔細《しさい》を訊《たず》ねるために片倉家《かたくらけ》を訪《おとず》れた。半四郎《はんしろう》は戻《もど》っていなかったので、主殿《しゅでん》は父の源内《げんない》に会った。

「貴殿《きでん》のご子息が行方《ゆくえ》不明だ」と、主殿《しゅでん》は困《こま》った表情《ひょうじょう》でいった。「仔細《しさい》を調べ、上役《うわやく》に報告《ほうこく》せねばならんのだが」

「あれにも困《こま》ったものだ」源内《げんない》もそういったが、彼《かれ》の浅黒い顔にはそれほど困《こま》ったような表情《ひょうじょう》は見えなかった。「あれの噂《うわさ》は拙者《せっしゃ》もいろいろと聞く。育て方が悪かったのかもしれん。しかしすでに二十三歳《さい》になってしまっていては、どう仕様もない」

半四郎《はんしろう》に対して理解《りかい》があるのか、それとも投げ出してしまっているのか、主殿《しゅでん》にはよくわからなかった。

「家名に傷《きず》をつけてもらっては困《こま》るが、まあ今のところ、さしさわりもなく勤《つと》めている様子だし……」

家中の半四郎《はんしろう》に対する侮《あなど》りや嘲《あざけ》りのことは、まだ源内《げんない》は知らぬようだった。

「ご子息はどこにいるかわからぬか」と、主殿《しゅでん》はたずねた。

源内《げんない》はかぶりを振《ふ》った。

「半四郎殿《はんしろうどの》は、貴殿《きでん》にはあまり似《に》ておられぬようだが……」

さらに主殿《しゅでん》はそうたずねた。以前からの疑問《ぎもん》だった。

「貴殿《きでん》だから話そう」源内《げんない》は話しはじめた。「これは半四郎《はんしろう》も知らぬことだから、他言無用に願《ねが》いたい。実は半四郎《はんしろう》は、われわれ夫婦《ふうふ》の実の子ではない。捨《す》て子《ご》だ」

「なんと」やっぱり——と思わぬでもなかったが、主殿《しゅでん》はとりあえず眼《め》を丸くして見せた。

「四十を過《す》ぎ、妻《つま》も三十七になり、それでまだ子供《こども》ができなかった。養子をしようかと相談しているところへ、あの子があらわれた」

「どんな具合に」

「夏の朝のことだ。庭で赤《あか》ん坊《ぼう》の泣き声がするのでおどろいて出て見た。すると築山《つきやま》の上で色の白い赤《あか》ん坊《ぼう》が、なんと、すっぱだかのままで泣きわめいていた」

「それが半四郎殿《はんしろうどの》か」

「そうだ。わざわざわしの家の庭に捨《す》てたのだから、わしや妻《つま》が子を欲《ほ》しがっているのを知っている者の仕業《しわざ》だったに違《ちが》いない。わしはそのまま赤《あか》ん坊《ぼう》をひきとり、自分の実の子として育てた。それにしても未《いま》だに解《げ》せんのは、あの子の親が赤《あか》ん坊《ぼう》を丸《まる》裸《はだか》で捨《す》てたということだ。産着《うぶぎ》くらいは着せて捨《す》てる、それが捨《す》て子《ご》の常識《じょうしき》だ」

「左様《さよう》。夏だからよかった。冬なら凍《こご》え死《し》んでしまう」主殿《しゅでん》もけげんそうに頷《うなず》いた。

「成長するにつれ、あいつは次第《しだい》に風変りな人間になった。いやもともとの風変りなところが、はっきり人眼《ひとめ》につき始めたというべきかもしれん」源内《げんない》は話し続けた。「他人を小馬鹿《こばか》にする様子が見えはじめた。たとえばわしが何か叱言《こごと》をいっても、あの茶色い冷たい眼《め》で、じっとわしを見返しおる。あの眼《め》で見られると、わしはいつも自分の言っていることがごく詰《つま》らんことに思え始めるのだ。そうなると、もうそれ以上叱《しか》る気がしなくなる。特に表だって反抗《はんこう》はしないが、それだけに余計《よけい》気味が悪い。またわしが、武士《ぶし》の子としての心構《こころがま》えなどを教えてやろうとすると、うわべはおとなしく聞きながらも、唇《くちびる》の端《はし》には苦笑《くしょう》を浮《う》かべおる。十二の時に切腹《せっぷく》の作法を教えてやったが、教えてもらいながら、うすら笑いをしておった。いやな奴《やつ》じゃ。聞くところによると、学問所でも似《に》たような態度《たいど》だったらしい。特に論語《ろんご》などの講話《こうわ》の時は、処置《しょち》なしといった顔つきで、始終ゆっくりとかぶりを振《ふ》り続けておったとか。いやはや……」

源内《げんない》がそこまで喋《しゃべ》った時だった。ふたりの相対しているすぐ傍《かたわ》ら、庭さきを見おろすぬれ縁《えん》の上へ、だしぬけに、空間を突《つ》き破《やぶ》ったかのように半四郎《はんしろう》があらわれた。

「おっ?」

源内《げんない》と主殿《しゅでん》は、おどろいて腰《こし》を浮《う》かした。庭への折戸《おりど》は閉《と》じられたままだったから、半四郎《はんしろう》がそこから駈《か》け込《こ》んできたのでないことは確《たし》かだった。どう考えても、突然縁《とつぜんえん》側《がわ》にあらわれたとしか思えなかった。

しかし、源内《げんない》や主殿《しゅでん》同様、半四郎《はんしろう》も、自分がそんなところへあらわれたことを、ひどくおどろいているようだった。彼《かれ》は落ちつかぬ様子で、きょろきょろとあたりを見まわした。

「こ、ここは……ここは?」

父と主殿《しゅでん》に気がつき、半四郎《はんしろう》はあわててその場に腰《こし》をおろした。「これは父上。これは後藤氏《ごとう》」

「不作法《ぶさほう》な。何ごとだ」さすがに源内《げんない》が声を荒《あら》くした。「どこから出てきた。今まで何処《どこ》にいた」

「わたしにもわかりません」普段《ふだん》の落ち着きように似《に》あわず、半四郎《はんしろう》はおどおどと答えた。

「同輩《どうはい》の岡村喜七郎《おかむらきしちろう》に斬《き》られそうになり、はっと身を沈《しず》めた途端《とたん》、ここに居《お》りました」

「なにを言う」主殿《しゅでん》があきれて叫《さけ》んだ。「口から出まかせも、いい加減《かげん》にせい。貴公《きこう》が果《はた》し状《じょう》を受けとって尻《しり》ごみし、喜七郎《きしちろう》から逃《に》げまわったのは二日前のことだ」

「二日前……そんな！」半四郎《はんしろう》はあんぐりと口を開いた。「そんなことが……」

「どこに隠《かく》れておったかは問うまい。どうでもいいことだ」源内《げんない》がいった。「しかし半四郎《はんしろう》、今、城内《じょうない》ではお前のことを何と噂《うわさ》しておると思う。お前は卑怯《ひきょう》未練《みれん》の臆病《おくびょう》者《もの》と言われているのだぞ。わしはそれ位《くらい》のことは、ちゃんと知っておるのだ。恥《はじ》と思わぬか」

「そのことでしたら」半四郎《はんしろう》は苦笑《くしょう》して答えた。「喜七郎《きしちろう》こそ大変な卑劣漢《ひれつかん》と申せましょう。自分の過《あやま》ちを胡麻化《ごまか》すため決闘《けっとう》などとわめき立て、問題をすり変えた男です。一人前の男にあるまじき恥《はじ》を知らぬ振舞《ふるま》いです」

「たわけ」毎度のことらしく、またかという顔つきで源内《げんない》は吐《は》き捨《す》てるようにいった。

「お前だけのことなら、勝手に弁解《べんかい》するがいい。しかし、お前の言動については親たるわしにも責任《せきにん》がある。父に恥《はじ》をかかせて平気か」

「いつもながらそれが解《げ》せませぬ。拙者《せっしゃ》はもう二十三歳《さい》、自分の行為《こうい》には自分が責任《せきにん》をとります。父上にまで罪《つみ》を着せるようなことはしません。するはずがありません」

「ところがちゃんとこの通り、わしは恥《はじ》をかいておる」

「では父上は間違《まちが》っておられる。恥《はじ》をかくのは、およしなさい。そんな恥《はじ》など、かかなくていいのです。第一拙者《せっしゃ》が、恥《はじ》をかいておらぬではありませんか」

「それはお前が、恥知《はじし》らずだからだ」源内《げんない》は声を高くした。「子の恥《はじ》は親の恥《はじ》、そんなことくらい、わからぬか。今にお前はわしの顔に、もっと泥《どろ》を塗《ぬ》るぞ。家名に傷《きず》をつけるぞ。世間に顔向けできぬようなことも、するにちがいない」

源内《げんない》が声を大きくすればするほど、半四郎《はんしろう》の眼《め》は冷たくなった。ほとほと理解《りかい》に苦しむといった顔つきで、じっと父の顔を眺《なが》め続けた。その眼《め》のあまりの澄《す》み様《よう》には、やがて源内《げんない》の方がはずかしくなってきたらしく、彼《かれ》の叱言《こごと》は次第《しだい》に低くなり、ついには呟《つぶや》きのようになってしまった。

「もうよい。行け。自室で反省しろ」源内《げんない》はついにそう言った。

「はあ……」半四郎《はんしろう》は小首を傾《かし》げて自室に去った。

「あの調子なのだ」源内《げんない》は訴《うった》えるように主殿《しゅでん》にいった。「どうにもならん。あいつを叱《しか》ったあと、わしはいつも、自分が理屈《りくつ》にならん理屈《りくつ》をいい立てたような気になる」

主殿《しゅでん》には源内《げんない》の態度《たいど》が、やっと呑《の》みこめた。この武骨《ぶこつ》な父は、理論家肌《りろんかはだ》の息子《むすこ》の、いわば尻《しり》に敷《し》かれていたのである。

半四郎《はんしろう》は自室に戻《もど》って、考えこんだ。

何故《なぜ》自分は二日間という時を越《こ》え、しかも別の場所へあらわれたのだろう。夢遊《むゆう》病《びょう》に似《に》たものか？　いや、そうではあるまい。あの父や主殿《しゅでん》のおどろき様《よう》から察するに、自分はどうやら、だしぬけにあのぬれ縁《えん》に出現《しゅつげん》したようである。とすると、自分は時空間連続体の何らかの安定を破《やぶ》って移動《いどう》したのだろうか？　二日後にあらわれたということには、どんな意味があるのだろう？　自分の家に戻《もど》ったということは、他の動物と同じ帰巣本能《きそうほんのう》ということで説明がつく。しかし、二日後ということは——？

半四郎《はんしろう》はやっと、果《はた》し状《じょう》に書かれていた決闘《けっとう》の日時が今朝であったことを思い出した。自分は無意識《むいしき》的に、それを避《さ》けたのだ——彼《かれ》はそう思った。

ひょっとすると、自分には時間や場所を越《こ》えて移動《いどう》する能力《のうりょく》があるのかもしれない——そうも思った。もしそうであってもそれは、半四郎《はんしろう》にとって、さほど不思議なことではなかった。彼《かれ》は前前から、この地上に人間が生きて動きまわっている不思議さに比《くら》べたら、どんな奇怪《きかい》なことといえども物の数ではないという考え方だったのである。

また彼《かれ》は、自分だけにそんな能力《のうりょく》があり、他の者にはなかったとしても、さほど驚《おどろ》くにはあたらぬと思った。自分が他人とは大いに違《ちが》っていることを、彼《かれ》自身ほどはっきり知っている者はいなかった。おれはこの世界では異邦人《いほうじん》なのだ——そう思っていた。

　もともとこの世界に生まれたくせに、半四郎《はんしろう》にとっては周囲のすべてが理解《りかい》に苦しむことばかりだった。この世界では、世間態《せけんてい》を気にすることが美徳《びとく》であった。不平等《ふびょうどう》こそ秩序《ちつじょ》の源《みなもと》であった。大袈裟《おおげさ》な外見の権威主義《けんいしゅぎ》が社会を支配《しはい》していた。中国産の精神主義《せいしんしゅぎ》が人間の行動を律《りつ》していた。その精神主義《せいしんしゅぎ》といっても、ヒューマニズムに根ざした大きなものではなく、原始的宗教的《しゅうきょうてき》なもの、民話伝説故事来歴《こじらいれき》に由来するものの、権力者《けんりょくしゃ》のエゴから生まれたものといった、みみっちい日常茶飯《にちじょうさはん》の教条《きょうじょう》に満ちていた。

　半四郎《はんしろう》は他の人間が、それらの圧迫《あっぱく》に平気で耐《た》えていることが不思議でならなかった。といって彼《かれ》自身、どうすることもできなかった。表立っての反抗《はんこう》は愚《ぐ》の骨頂《こっちょう》だし、逃《に》げ出すこともできなかった。できるだけ摩擦《まさつ》を避《さ》け、自分の殻《から》の中でだけ自由な気持でいようとしたが、それにしても息が詰《つ》まりそうな毎日だった。武士《ぶし》の子として生まれたことが、余計彼《よけいかれ》には重荷だった。

武士《ぶし》の子であること。侍《さむらい》であること。主君に仕えていること。腰《こし》に大小を差しているということ。――それらが何故《なぜ》それほどに重大なのか。くだらんエリート意識《いしき》ではないか――彼《かれ》はそう思った。

エリート意識《いしき》――自分がそんな言葉をどこで覚えたのか、彼《かれ》は記憶《きおく》していなかった。しかし彼《かれ》は、そういった言葉を知っていた。

半四郎《はんしろう》は翌朝《よくあさ》、普段《ふだん》の通り登城《とじょう》した。

家中の者の冷笑《れいしょう》の眼差《まなざ》しにも半四郎《はんしろう》は平然としていた。二日の間に喜七郎《きしちろう》が自分のことをどのように言い触《ふ》らしたか、半四郎《はんしろう》にはおおよそ想像《そうぞう》がついていた。彼《かれ》は気にせず、いつもの如《ごと》く論理的《ろんりてき》に、てきぱきと溜《たま》っていた仕事を片《かた》づけ始めた。直属上司《ちょくぞくじょうし》の主殿《しゅでん》はじめ、喜七郎《きしちろう》を含《ふく》めた同輩下役《どうはいしたやく》など、同室の者はたちまち半四郎《はんしろう》のスピーディな仕事ぶりの影響《えいきょう》を否応《いやおう》なしに受けて、調子を狂《くる》わせ始めた。

「大した奴《やつ》だ」主殿《しゅでん》はそっと舌《した》を巻《ま》いた。「自分が皆《みな》からどんな眼《め》でみられているか知らぬわけでもあるまいに、この男はまるで何ごともなかったかのように、平然としている。恥《はじ》を知らぬのだ——といってしまえばそれまでだが、この男の持っているあらゆる観念《かんねん》は、他の者と大きく違《ちが》っているらしいから、恥《はじ》というものに対する価値判《かちはん》断《だん》も、だいぶズれているのだろう」そう思う他なかった。

彼《かれ》の恥《は》じ入《い》る様子を見て笑いものにしようと待ち構《かま》えていた、喜七郎《きしちろう》はじめ前前から半四郎《はんしろう》に反感を抱《いだ》いていた若侍《わかざむらい》たちは、本人の図太《ずぶと》さを見て次第《しだい》に苛立《いらだ》ちはじめた。書類の内容《ないよう》のことを相談するために半四郎《はんしろう》が自分のところへやってきた時、喜七郎《きしちろう》は眼《め》に憎悪《ぞうお》の色を浮《う》かべながらも、わざと嘲《あざけ》りの笑いを口もとに作って見せた。だが半《はん》四郎《しろう》は書類の内容《ないよう》のことに真から熱中しているらしく、書式の点で喜七郎《きしちろう》の思《おも》い違《ちが》いを訂正《ていせい》してやろうとさえしたのである。

他の者に対しても、同じような態度《たいど》だった。それから更《さら》に何日か経《た》ったが、もちろん半四郎《はんしろう》の態度《たいど》は、以前とちっとも変わらなかった。蔭《かげ》で半四郎《はんしろう》を賤民扱《せんみんあつか》いにし、笑い興《きょう》じるだけでは我慢《がまん》できなくなった同輩《どうはい》たちは、聞こえよがしに悪口を言ったり、当てつけがましく厭《いや》がらせをしたりし始めた。片倉邸《かたくらてい》での出来《でき》ごとを主殿《しゅでん》から聞いた者たちは、彼《かれ》に『時越半四郎《ときごえはんしろう》』というあだ名をつけ、半四郎《はんしろう》の行く先ざきで、わざと大声にその名を口にした。

だが、半四郎《はんしろう》は、それくらいのことではびくともしなかった。親友面《しんゆうづら》で膝《ひざ》に這《は》いあがり、頬《ほお》をべろべろ舐《な》め兼《か》ねない下品な友情《ゆうじょう》など、彼《かれ》の方から願い下げだった。彼《かれ》にとっては、今の状態《じょうたい》の方がよかった。孤立《こりつ》に耐《た》えるのがおれにとって正常《せいじょう》な状態《じょうたい》なのだ、いや、他の人間だって、みんなそうすべきなのだ——そう思った。——しかもそれは、おれにとっては楽しくさえあるのだから——。

その年の夏は暑かった。

半四郎《はんしろう》は城《しろ》への行き帰りに、いつも汗《あせ》をかいた。

「夏といえども、涼《すず》しくできるはずだ」半四郎《はんしろう》は流れ落ちる汗《あせ》に閉口《へいこう》しながら、そう思った。クーラーという単語が、ちらと彼《かれ》の頭をかすめた。また、それがどのような味のものかわからなかったが、コーラという飲みもののことも、しばしば胸《むね》に浮《う》かんだ。とりわけ、彼《かれ》が甚《はなは》だしく疲労《ひろう》した折《おり》には、いつもコーヒーという飲料のことが味覚と嗅覚《きゅうかく》を刺激《しげき》した。飲んだこともないその飲物に切なく彼《かれ》は焦《こ》がれた。「遺伝記憶《いでんきおく》だ」彼《かれ》はそう思った。「先祖《せんぞ》の体験が記憶《きおく》の中に残っているのだ。そうに違《ちが》いない」

彼《かれ》はまた、自分に時と場所を越《こ》えて移動《いどう》する能力《のうりょく》があるなら、それもまた先祖《せんぞ》の持っていた能力《のうりょく》が遺伝《いでん》したものに違《ちが》いないと思った。そんな能力《のうりょく》があるなら、もっと使うべきだ——そうも思った。

ある日、城《しろ》からの帰り、半四郎《はんしろう》は松林の中に入った。あたりに人の気配のないのを確《たし》かめてから、彼《かれ》は例の跳躍《ちょうやく》を試《ため》してみようとした。

行く先は、後藤主殿《ごとうしゅでん》の邸《やしき》の庭さきと決めた。彼《かれ》は以前から主殿《しゅでん》の娘弥生《むすめやよい》に好意を持っていたから、今までにもしばしば後藤家《ごとうけ》の庭を訪《おとず》れたことがあった。弥生《やよい》も半四郎《はんしろう》には好意を持っているらしく、彼《かれ》が訪《おとず》れると、いつも長い時間縁側《えんがわ》で彼《かれ》と話しあってくれた。——もし自分がだしぬけに弥生《やよい》の前にあらわれたとしても、彼女《かのじょ》なら騒《さわ》ぎ立《た》てることもあるまいし、説明さえすれば信じてくれるに違《ちが》いない——半四郎《はんしろう》はそう考えたのである。

彼《かれ》は思念を後藤邸《ごとうてい》の庭さきに集中し、そこへ行きたいと願った。弥生《やよい》への愛情《あいじょう》がその願いを強めてくれるはずだった。

松林の中に立っていた半四郎《はんしろう》の姿《すがた》がぽッと消え、同時に後藤邸《ごとうてい》の庭さき——弥生《やよい》の部屋の縁側《えんがわ》近くに、ぽんとあらわれた。

「まあ」縁側《えんがわ》で鳥籠《とりかご》をのぞきこんでいた弥生《やよい》は、半四郎《はんしろう》を見て、ちょっと驚《おどろ》いた。「どこからお見えになりましたの」

「驚《おどろ》くことはありません。弥生《やよい》どの、喜んでください。わたしには、時と場所を移動《いどう》することのできる能力《のうりょく》があることがわかりましたぞ」

「まあ、それはおめでとうございます」おっとり育った弥生《やよい》は、それほど驚《おどろ》きもせず、かといって、さほど喜びもしなかったので、半四郎《はんしろう》はちょっと拍子抜《ひょうしぬ》けのかたちだった。

「こればかりは、忍者《にんじゃ》といえども持つことのできぬ能力《のうりょく》です」

「さようでございますか」

「ああ。そうなのです」半四郎《はんしろう》はしかたなく、話題を変えた。「その鳥籠《とりかご》の中の鳥は、なんですか？」

「何と申す鳥かは存《ぞん》じません」と、弥生《やよい》は答えた。「今朝がた羽に傷《きず》を受けて、庭に落ちているのを見つけました。さっそく介抱《かいほう》してやったのですが……」

半四郎《はんしろう》は鳥籠《とりかご》に近寄《ちかよ》って覗《のぞ》きこんだ。「ひばりだ。可哀《かわい》そうに」

大空へ高く舞《ま》いあがってゆける身体《からだ》をちゃんと持ちながら、せまい籠《かご》の中に閉《と》じ込《こ》められているひばりが、半四郎《はんしろう》には自分のことのように哀《あわ》れに思えた。「傷《きず》がよくなったら、すぐに放しておやりなさい」

弥生《やよい》は丸い眼《め》でしばらくじっと半四郎《はんしろう》を見つめた。それから頬《ほお》にえくぼを浮《う》かべて笑い、うなずいた。「ええ。そうしますわ、もちろん」

その後も半四郎《はんしろう》は、しばしば松林の中から後藤邸《ごとうてい》に跳躍《ちょうやく》を試み、短かい弥生《やよい》とのデートを楽しんだ。特に時間のことが念頭にない限《かぎ》りは跳躍《ちょうやく》は空間移動《くうかんいどう》にのみとどまった。

急いでいる時には、時間を多少逆戻《ぎゃくもど》りすることさえできた。

いつかはこの能力《のうりょく》が、何かの役に立つことがあるだろう——半四郎《はんしろう》はそう思ったが、さてこの世界でこの能力《のうりょく》がいったいどんな役に立つのかと考えても、急には何も思いつかなかった。

その日も彼《かれ》は、城《しろ》からの帰途《きと》、ただひとり例の松林の中に入った。後藤邸《ごとうてい》へ、弥生《やよい》に会いに行くつもりだった。

ふと、彼《かれ》は周囲に人の気配を感じた。立ち停《どま》った。佇《たたず》んだまま身体《からだ》を固くし、彼《かれ》はあたりを見まわした。「誰《だれ》だ」

松の木のうしろから、すい、すい、すいと、喜七郎《きしちろう》を含《ふく》めて五人の若侍《わかざむらい》があらわれ、半《はん》四郎《しろう》をとり囲んだ。いずれも、頬《ほお》をこわばらせていた。

「おれに何か用か?」——こいつらは、まだやる気なのか——いささかうんざりして、半四郎《はんしろう》は投げやりにそう訊《たず》ねた。

「胸《むね》に憶《おぼ》えがあろう。この恥《はじ》さらしめ」喜七郎《きしちろう》の罵倒《ばとう》が始まった。「貴様《きさま》はわれわれの恥《はじ》さらしだ。この藩《はん》の恥《はじ》だ。ご主君の恥《はじ》だ」

「何を言ってるのか、ちっともわからん」半四郎《はんしろう》は眉《まゆ》をしかめた。「貴公《きこう》たち、ちっとは借りものでなく、自分の頭でものごとを考えたらどうか。おれがどんな恥《はじ》をさらした。かりにおれが恥《はじ》をさらしたとして、それがなぜ貴公《きこう》らの恥《はじ》になるのだ。またそれがどうして、ご主君や藩《はん》の恥《はじ》になるのだ。そんなことを言い出したらきりがない。おれが恥《はじ》をかいたと思うなら、勝手に物笑いの種にしていればいいではないか。おれは貴公《きこう》たち同様、やっぱり貴公《きこう》たちが嫌《きら》いなのだ。だから没交渉《ぼっこうしょう》にしていればいいではないか。おれを抛《ほう》っといてくれればいいではないか」

「なにを、ぬけぬけとこの……うう……」

「その涼《すず》しげな、いけしゃあしゃあとした面《つら》つきが気にくわん」

「だからおれを殺すのか」半四郎《はんしろう》は啞然《あぜん》とした。「おれがはずかしそうな様子をして見せないのが癪《しゃく》にさわるというだけで、おれを殺すというのか」

「そうだ。斬《き》るのだ」

「では、ひとごろしだ」

「泣きごとをいうな。武士《ぶし》らしく抜《ぬ》け」

「いや抜《ぬ》かん」半四郎《はんしろう》は悲しげにかぶりを振《ふ》った。「もう、貴公《きこう》たちとは問答もしたくない。いくら言っても無駄《むだ》だ」

「えらそうな口を……」

喜七郎《きしちろう》が斬《き》り込《こ》んできた。

半四郎《はんしろう》は身を沈《しず》めた。そして消えた。

その頃《ころ》後藤《ごとう》の邸《やしき》では弥生《やよい》が、縁側《えんがわ》に出て半四郎《はんしろう》の来るのを待っていた。そろそろ、半四郎《はんしろう》のあらわれる時刻《じこく》だった。

まだ十七歳《さい》で世間を知らぬ弥生《やよい》の眼《め》には、半四郎《はんしろう》はごく普通《ふつう》の侍《さむらい》に見えた。父ほど頑固《がんこ》ではなく、時どき家へやってくる父の下役の若侍《わかざむらい》たちのように武骨《ぶこつ》でもなく、自然の生きものや草木へのやさしさを持つ実に好ましい青年に見えた。

彼女《かのじょ》はふと、鳥籠《とりかご》に眼《め》を落した。その中には、まだ、ひばりがいた。羽の傷《きず》はもうすっかり治っているように見えた。弥生《やよい》は一昨日半四郎《はんしろう》が、もうすっかり治ったようだな、そろそろ逃《に》がしてやったらどうですかと言っていたことを思い出した。

「お前、出てお行き」弥生《やよい》はそういって籠《かご》の口を開いた。「お前がまだそこに居《い》るのを見たら、半四郎《はんしろう》さまは私《わたし》をお叱《しか》りになるかもしれないわ。さあ、飛んでお行き。あの大空へ。お前の故郷《こきょう》の大空へ。そして、思う存分《ぞんぶん》さえずっておいで」

ひばりは、はばたいた。

籠《かご》の口を出て、庭先に弧《こ》を描《えが》いて、地面近くをすいと飛んだ。

そこへ半四郎《はんしろう》があらわれた。

だが、彼《かれ》のあらわれた空間には、ひばりがいた。

原子融合《げんしゆうごう》が起った。

半四郎《はんしろう》はばったりと倒《たお》れた。彼《かれ》はすぐ息絶《いきた》えた。

あとで、駈《か》けつけた者たちが半四郎《はんしろう》の屍体《したい》から衣服を脱《ぬ》がせようとした時、彼《かれ》らは死者の胸《むね》——半四郎《はんしろう》の左の乳《ちち》の下あたりから、ひばりの首が生えているのを見た。

それから千年の歳月《さいげつ》が流れた。

ここ、地球第三十八区都市の中央産科センターでは、今、大騒《おおさわ》ぎになっていた。

「おれの赤《あか》ん坊《ぼう》をどうしてくれる。返せ」若《わか》い父親らしい男が、産室の責任者《せきにんしゃ》らしい年輩《ねんぱい》の産科医に食ってかかっていた。

「まあ、落ちついてください。こんなことは当センター始まって以来の出来《でき》ごとです。今、赤《あか》ん坊《ぼう》の行方《ゆくえ》を探《さが》しています。もう少し待ってください」

「いったい、どうしたというのだ」院長室では、院長が不機嫌《ふきげん》そうに、担当《たんとう》の医者を呼《よ》んで話を聞いていた。

「ぜんぜん、わけがわかりません。設備《せつび》はすべて完全でした。分娩用《ぶんべんよう》の補助移動装置《ほじょいどうそうち》も異常《いじょう》ありませんでしたし、第一そんなものを使わなくても母親の方は念動力《テレキネシス》、時間跳躍《タイム・リープ》、身体移動《テレポーテーション》などの能力者《のうりょくしゃ》なのですから、陣痛《じんつう》が始まればすぐに胎児《たいじ》を養育ケースの中へ送《おく》り込《こ》めたはずなのです。それなのに、いよいよ出産という時に、胎児《たいじ》は母親の子宮からあきらかに消失したにもかかわらず、養育ケースの中にはあらわれなかったのです」

「父親の遺伝形質《いでんけいしつ》はどうなのだ？」

「父親は十二代前から遺伝記憶《いでんきおく》能力者《のうりょくしゃ》で、母親と同じ時間跳躍《タイム・リープ》能力者《のうりょくしゃ》です」

「ふうん。すると遺伝学的《いでんがくてき》に考えれば、その赤ん坊《あかんぼう》は遺伝記憶《いでんきおく》、時間跳躍《タイム・リープ》、身体移動《テレポーテーション》の三つの能力《のうりょく》は確実《かくじつ》に持っていたことになるな」

「その通りです」

「ところで母親は出産時、指示《しじ》通りに養育ケースの方へ思念を向けていたかね？」

「はい。それは確実《かくじつ》です」

「ふうん。すると残るのは、赤ん坊《あかんぼう》そのものに原因《げんいん》があったということだな——。まてまて、母親は赤ん坊《あかんぼう》を産む前、このセンターに来てから二週間、何かに興味《きょうみ》を持っていたかね？」

「それはもちろん、生まれてくる赤ん坊《あかんぼう》に……」

「いや、それ以外にだ」

「そうですね……あ、そういえば」若《わか》い医者はあわててポケットをさぐりながらいった。

「産室で読書を禁《きん》じているにもかかわらず、こんな本を読んでいたんです。胎児《たいじ》に影《えい》響《きょう》があるといけないと思って、あわててとりあげたのですが……」彼《かれ》は小さな本を、院長に差し出した。「中味はつまらない時代小説なんですが、やっぱりそれが、事故《じこ》の原因《げんいん》なんでしょうか?」

人の心はタイムマシン

平井《ひらい》和正《かずまさ》

一

その少女は、純白《じゅんぱく》の皮コートに身を包み、まっかなミニ・スカートをはいていた。すんなりした優雅《ゆうが》な足はまっすぐに伸《の》びており、日本の風土とは異質《いしつ》なものを感じさせた。長い柔《やわ》らかな髪《かみ》の毛《け》はなだらかな輪郭《りんかく》を描《えが》いて、ほっそりと小さな顔をふちどっていた。

とらえどころもない妖精《ようせい》のような美少女。彼女《かのじょ》のすみかは、高級ファッション雑誌《ざっし》の美しいカラーページなのかもしれなかった。豪華《ごうか》な外国製《がいこくせい》スポーツカーのシートで、少女はほのかな微笑《びしょう》をたたえていた。モンマルトルの森を歩いているかと思うと、最新のスキー・ウエアをまとって、北欧《ほくおう》の白い雪の峰《みね》と抜《ぬ》けるような青空の中にはめこまれている、そんな少女であった。

彼《かれ》には、少女がなま身《み》の肉体をもった人間とは思えなかった。十六歳《さい》の平凡《へいぼん》な高校生にとって、彼女《かのじょ》はオトギ話の王女と同じなのだった。

その少女は、まったく唐突《とうとつ》に訪《おとず》れてきて、彼《かれ》の心の中にすみついてしまったのだ。

——冬の夜だった。高級マンションや洗練《せんれん》されたレストラン、会員制《かいいんせい》ナイトクラブ、ディスコティックなど、高級車の群《む》れが赤いテールランプを輝《かがや》かせて集まる大都会の一画《いっかく》。そこは少年にとって、遠い他の遊星ほどにも無縁《むえん》な異世界《いせかい》であった。

彼《かれ》は、親類の家をたずねて、思わぬ長居《ながい》をしすぎた帰り道、その異世界《いせかい》に踏《ふ》み込《こ》んでしまったのだ。

しかし、少年は学生服の肩《かた》をすぼめて、急ぎ足に歩いた。自分を見すぼらしい異邦《いほう》人《じん》と感じながら……。

二

そして彼《かれ》はその少女にめぐり会ったのだ。しゃれたスナックのとびらを開け、暗い神秘的《しんぴてき》な海底から立《た》ち現《あら》われた華麗《かれい》な熱帯魚を思わせる少女。

少年は、その美少女が国際的《こくさいてき》にも知られた若《わか》い混血《こんけつ》のファッション・モデルだと気づいた。そして——思いがけぬことが起きたのだ。スナックから少女を追って現《あら》われた華美《かび》な身なりの青年が少女に話しかけ、しつこくつきまとって争いになった。押《お》し問答《もんどう》のようすから、拒否《きょひ》する少女をどこかへ連れていこうとするけはいであった。青年は少女のからだに手をかけ、暴力的《ぼうりょくてき》になりはじめた。

少年の胸《むね》はどきどきし、心臓《しんぞう》が痛《いた》くなってきた。理不尽《りふじん》な青年に対して激《はげ》しい怒《いか》りと憎悪《ぞうお》を感じた。そのとき、少女の救いを求めるような目が、立ちすくんでいる彼《かれ》の目をとらえた。少年は自分のなすべきことを知った。

「おい、やめろよ」

自分でも驚《おどろ》くほどの強い声が出た。青年は顔色を変えてふり向いた。そこに一歩もひかぬ決心を表わした学生服の少年を見ると、あっけなく少女を離《はな》して、急いで立ち去った。肉体的には非力《ひりき》な、ちゃちな若者《わかもの》だったのだ。

「ありがとう」

と、少女がいった。少年は顔も上げられぬ面《おも》はゆさにとらえられ、黙《だま》って首をふり、逃《に》げるように歩きだした。自分の行為《こうい》が信じられぬ思いだった。そして、さらに意外なことが起きた。少女が小走りに追いついてきて、声をかけたのだ。

「ね、どこへ行くの？」少年はぶっきらぼうに行く先を答え、さらに大またに足を速めた。

「いっしょに歩いてもいい？」

少年は返事をしなかった。全身に熱い汗《あせ》をかいていた。行きかう人々が、少女をともなった自分に好奇《こうき》の目を浴びせていくことがわかった。自分にぴったり寄《よ》りそって歩いている少女の存在《そんざい》が、息苦しいほどの重荷であった。

「とても足が速いのね」少女は息をはずませかわいい声で笑った。「息が切れちゃったわ。とてもついて行けないわ……さよなら」

少女が立ち止まり、彼《かれ》はおこったようにくちびるを結んで歩調をゆるめず、歩き続けた。

「さよなら……」

少女の声が追ってきたが、彼《かれ》はついに、後ろをふり向こうとはしなかった。

それ以来、少女は彼《かれ》の心にしっかりとすみついたのだった。現実《げんじつ》の少女には、もう二度と会うことがないだろうとわかっていた。それでいいのだ。いま一度めぐり会ったところでなんになる。彼《かれ》は平凡《へいぼん》な高校生にすぎず、少女はとらえどころもない都会の妖精《ようせい》なのだった。心の中にすむ少女は、彼《かれ》ひとりのものなのだ。欲《ほっ》するときに彼《かれ》は少女と会うことができた。

少年にすばらしい恋人《こいびと》ができたことは、肉親や親しい友人たちにも知られることのない秘密《ひみつ》であった。

三

精神分析医《せいしんぶんせきい》は装置《そうち》のスイッチを切った。大脳皮質《だいのうひしつ》の記憶部位《きおくぶい》をまさぐっていた放射《ほうしゃ》線《せん》の細い探針《たんしん》は、静かにしりぞいていった。

「すると、どうしてもこの少女を消してしまいたいとおっしゃるのですか?」

医師《いし》の声は、苦々しげな響《ひび》きを含《ふく》んでいた。

「すばらしい思い出じゃありませんか。私《わたし》だったら、そっとたいせつにしまっておきますな。少年期の初恋《はつこい》というものは……」

「わかっています。ぼくだって彼女と別れるのはとてもつらいのです」

診療台《しんりょうだい》に横たわった彼《かれ》は目をとざしたまま低い声でつぶやいた。

「しかし、ぼくはこのとしになるまで、しんから愛しきれる女性《じょせい》にめぐりあうことができなかった。どの女性《じょせい》も、あの少女ではなかったからです。できることならタイムマシンで過去《かこ》にもどって少女に会いたい。それが不可能《ふかのう》であるかぎり、少女に関する記憶《きおく》を消してしまうほかないんです……」

「あとでさびしくなりますよ。彼女は二十年もこのかた、あなたの心にすみついているんですからね」

精神分析医《せいしんぶんせきい》は警告《けいこく》するようにいった。

「彼女《かのじょ》は妖精《ようせい》だったんですよ、先生。ぼくは二十年間、彼女《かのじょ》の魔力《まりょく》からのがれることができませんでした。精神医学《せいしんいがく》の発達《はったつ》が、記憶消去《きおくしょうきょ》を可能《かのう》にしなかったら、ぼくは一生独身《どくしん》で暮《く》らす運命だったでしょう」

彼《かれ》の決心をひるがえせないと知って、医師《いし》は精神制御剤《せいしんせいぎょざい》を彼《かれ》に与《あた》えた。これで客は催眠状態《さいみんじょうたい》にはいり、潜在意識《せんざいいしき》のレベルに加える記憶消去処置《きおくしょうきょしょち》を容易《ようい》にする。

いやな仕事であった。血の流れない手術《しゅじゅつ》とはいえ、放射線《ほうしゃせん》のメスで人の心を切りきざむという仕事は……。医師《いし》は再《ふたた》び装置《そうち》のスイッチをいれ、計測器《けいそくき》の指針《ししん》の動きに目を配りながら、客の望みどおり記憶消去《きおくしょうきょ》にとりかかろうとした。

そのとき、医師《いし》は声を聞いた。すずやかな少女の声だった。

「いやよ、先生。私《わたし》を殺さないで……」

医師《いし》は冷水を浴びるような心地《ここち》でふり向き、深い催眠状態《さいみんじょうたい》にはいっているはずの男の目がぱっちり見開いているのを見た。その目の奥《おく》にあの少女がひそんでいるのを医師《いし》は知った。

長い凝視《ぎょうし》がかわされたあと、医師《いし》は屈服《くっぷく》した。医師《いし》の手が動いて、装置《そうち》を止めるとともに、少女はその安住のすみかへ静かにひきさがっていった。

精神分析医《せいしんぶんせきい》はひや汗《あせ》にまみれ、ぐったり打ちのめされた思いで医室の窓《まど》をあけはなった。にわかに東京メガロポリスの壮大《そうだい》ながめが眼前《がんぜん》に開けた。二十年前の面影《おもかげ》はどこにも残っていない。だが人間の心は違《ちが》うのだ。人の心は、それ自体がタイムマシンのようなものなのだ。

ふと、医師《いし》はおのれの心をまさぐり、あのころの初恋《はっこい》の少女を捜《さが》した。彼《かれ》の少女はちゃんとそこにいて、永遠《えいえん》の微笑《びしょう》をほほえみかけた。

タイムマシンはつきるとも

広《ひろ》瀬《せ》正《ただし》

五助《ごすけ》は、ある日タイムマシンを手に入れた。

タイムマシン、すなわち航時機《こうじき》、過去《かこ》でも未来でも、すきな時代へ即座《そくざ》に行けるという至極《しごく》便利な機械である。

五助《ごすけ》がどうやってその重宝《ちょうほう》な代物《しろもの》を手に入れたか、どなたも知りたいことだろう。まだどこの月賦屋《げっぷや》もタイムマシンは扱《あつか》っていないようだし、第一タイムマシンが発明されたというニュースも聞いたことがない。すると未来の世界からの密輸品《みつゆひん》じゃないかって？　いや、そんなものがあったにしても、その性能《せいのう》から見て、値段《ねだん》はキャデラックやベンツの比《ひ》ではないだろうから、とても五助《ごすけ》ごときのポケットマネーで買えるわけはない。

じつは、五助《ごすけ》は未来からの時間旅行者が用足しに行っているすきに、ちょっと失敬《しっけい》してしまったのである。

いうのを忘《わす》れたが、五助《ごすけ》の苗字《みょうじ》は石川《いしかわ》である。彼《かれ》は先祖《せんぞ》の名を辱《はずかし》めないよう、日夜家業にはげんでいるが、いまだにパッとした仕事をしたことのない、いわば平凡《へいぼん》なコソ泥《どろ》だった。

五助《ごすけ》は最初、それがタイムマシンであることに気がつかなかった。横町の角にエンジンをかけたまま、とめてあるのを見た時、妙《みょう》な恰好《かっこう》の自動車だなと思ったが、あたりに誰《だれ》もいなかったし、ついいつものくせが出て、フラフラとドアをあけて乗りこんでしまったのである。

中の様子も、なんとなくおかしかった。

(まずいな、こういう変わった車は、足がつきやすい)

五助《ごすけ》がそう思い、あきらめて外へ出ようとした瞬間《しゅんかん》、足音が聞こえてきた。車の持ち主にちがいない。五助《ごすけ》は夢中《むちゅう》でハンド・ブレーキをはずし、アクセルをふみこんでしまった。

ものすごいショックを五助《ごすけ》は感じた。

(しまった、ふみこみすぎた)

五助《ごすけ》は、あわてて足をゆるめた。幸いエンストはしていなかった。

しかし、車は元の場所からちっとも動いていない。

(何かを、おれは忘《わす》れているんだ)

五助《ごすけ》はますますあわててダッシュボードを見まわした。

メーターの下に押《お》しボタンが二つある。TとSと書いてあり、Tの方が押《お》されてあった。五助《ごすけ》は、そのSの方を押《お》してみた。

アクセルをふむ。車は動き出した。

(しめた……)

五助《ごすけ》は、どこで車を盗《ぬす》み、どこをどう通って家へ帰ったか、まるで覚えていない。

彼《かれ》は、はじめて大物を手に入れた喜びに有頂天《うちょうてん》になっていた。

五助《ごすけ》は近所の同業者のガレージに車の保管《ほかん》をたのみ、アパートに帰った。階段《かいだん》を上って行くと、隣《となり》の部屋にいるホステスのナオミとばったり会った。

「あら、五助《ごすけ》さん、お久《ひさ》しぶりね」

「え？」

さっき出がけに彼女《かのじょ》の部屋へ寄《よ》り、一緒《いっしょ》にインスタントラーメンを食べたばかりなのに、何をねぼけたことをいってるんだろう。

「どこで浮気《うわき》してたのさ、ひと月も……」

「ひと月？」

ナオミは真っ赤な爪《つめ》の先で五助《ごすけ》の頬《ほお》をつっつき、バタバタと階段《かいだん》を下りて行ってしまった。

五助《ごすけ》は爪《つめ》のあとをさすりながら、狐《きつね》につままれたような気持ちで部屋にもどった。

ドアをあけると、五助《ごすけ》は新聞の山につまずいた。

五助《ごすけ》は商売柄《しょうばいがら》、新聞だけは毎日かかさず目を通すことにしていた。だが、そこにあるのは、とても一日や二日では読みきれそうもない新聞の量だった。

五助《ごすけ》は電灯をつけ、一番上のやつをとり上げて見た。

日付けは六月十五日だった。

(六月?………)

今日は五月十七日である。日付けの印刷を間違《まちが》えるなんて、トンマな新聞社だ。

五助《ごすけ》は全部の新聞の日付けをしらべてみた。五月十七日の夕刊《ゆうかん》から、六月十五日の夕刊《ゆうかん》まで、すべての日付けがそろっていた。

(こりゃ、いったいどうしたことだ……)

五助《ごすけ》は新聞の山の上に坐《すわ》りこみ、考えこんでしまった。

五助《ごすけ》は三日三晩《みっかみばん》考えつづけた。

五助《ごすけ》は空想科学小説の愛読者だったので、最初の一日で、あれがタイムマシンであることがわかった。はじめにアクセルをふんだ時、おれは未来の世界……一月先の世界へ飛んで来てしまったのにちがいない。

次の一日は、ガレージに出張《しゅっちょう》して、タイムマシンをつぶさに観察《かんさつ》した。五助《ごすけ》は空想科学小説の愛読者だったので、その構造《こうぞう》も扱《あつか》い方《かた》もすぐ理解《りかい》してしまった。あの押《お》しボタンは、Tが時間航行でSが空間航行を表わしていることもわかった。つまりSのボタンを押《お》した時には、普通《ふつう》の自動車と同じに使える、便利なものなのだ。

最後の一日は、又《また》新聞の山にもどって、このすばらしい機械を使って何をしようか、と考えた。五助《ごすけ》は空想科学小説の……作家ではなかったので、「もし、タイムマシンに乗って過去《かこ》の世界へ行き、結婚《けっこん》前の両親を殺したら、いまの自分はどうなるか」などというくだらないことは考えなかった。彼《かれ》は商売にタイムマシンを利用することを思いついたのである。

ドロボーをする場合、金品を盗《ぬす》むこと自体は、そんなにむずかしい仕事ではないことを五助《ごすけ》は永年《ながねん》の経験《けいけん》で知っていた。ただ、そのあと、いかにして司直《しちょく》の追及《ついきゅう》から逃《のが》れるかが、古来《こらい》同業者達《たち》を苦しめてきた問題なのだ。

タイムマシンに乗って逃《に》げればいい、それが五助《ごすけ》の達《たっ》した、いとも明快《めいかい》な結論《けつろん》だった。過去《かこ》でも未来でも、全然関係ない世界へ行ってしまえば、そこのおまわりは、その盗難事件《とうなんじけん》のあったことを知らないわけだから、絶対安全《ぜったいあんぜん》だ。

五助《ごすけ》は早速《さっそく》具体案をねった。どこへ泥棒《どろぼう》に入るかは、すぐ決まった。それは丁度《ちょうど》タイムマシンを失敬《しっけい》した晩《ばん》に入るつもりでいた、あるソバ屋だった。

五助《ごすけ》は前から色々としらべて、その日ソバ屋に二十万円という大金が現金であることを知っていた。だが、途中《とちゅう》でタイムマシンに出っくわしたので、脱線《だっせん》してしまったのだ。

でも、あの日にやらないでよかった、と五助《ごすけ》は思った。しかし、今度はタイムマシンがあるから大丈夫《だいじょうぶ》だ。

待てよ、と五助《ごすけ》は考えた。あのソバ屋の二十万円は、翌日問屋《よくじつとんや》に支払《しはら》うための金だった。だから、いまから行っても金はもうない……そうだ、五月十七日にもどればいいんだ、そのためにもタイムマシンは使えるじゃないか。五助《ごすけ》は武者《むしゃ》ぶるいした。

五助《ごすけ》は愛用のモテル社製玩具《しゃせいがんぐ》ピストルをポケットに入れ、壮途《そうと》についた。

五月十七日の深夜……五助《ごすけ》はソバ屋の近くでタイムマシンをおりた。

仕事は簡単《かんたん》だった。ピストルをつきつけるとソバ屋のおやじは真っ青になり、五助《ごすけ》のいうなりに金庫のふたをあけた。内ポケットに二十万円入れて、ソバ屋を出る時、おかみさんらしいのが裏口《うらぐち》から飛び出して行くのが見えたが、五助《ごすけ》は気にもとめなかった。

五助《ごすけ》は意気揚々《いきようよう》と愛機のところにもどった。が、少し手前でギクリとして立ちすくんだ。誰《だれ》かが乗っているのだ。ブレーキをいじっている。

泥棒《どろぼう》だ、と気がついた時、タイムマシンはパッと消えてしまった。

(しまった、やられた)

五助《ごすけ》は呆然《ぼうぜん》として、タイムマシンのあった空間を見つめた。

タイムマシンをとられてしまっては、どうしようもなかった。五助《ごすけ》は内ポケットをおさえたまま、走り出す気もおこらなかった。

（ちょっとソバ屋へ入っているすきに……すばしっこいやつだ）

パトカーのサイレンが聞こえてきた。

（いったい、盗《ぬす》んだのはどこのやつだろう）

パトカーが五助《ごすけ》のわきでとまり、警官《けいかん》がおりて来た。

（そ、そうだ。いまのやつはおれにそっくりだった。……あいつは、あの時のお、お…）

「観念《かんねん》しろ」

警官《けいかん》がいい、手錠《てじょう》が鳴った。

美《み》亜《あ》へ贈《おく》る真《しん》珠《じゅ》

梶《かじ》尾《お》真《しん》治《じ》

『航時機《こうじき》』が始動してから、そう、一週間も過《す》ぎていたでしょうか。その頃《ころ》はまだ物《もの》珍《めずら》しさも手伝ってか、航時機《こうじき》の見学者が後を断《た》ちませんでした。

夕暮《ゆうぐ》れ、私《わたし》は見まわりの足を止めました。そこにたたずんでいた二十歳《はたち》を過《す》ぎたかどうかという女性《じょせい》に、ふと気になるものを感じたのです。

彼女《かのじょ》は閉館《へいかん》直前で人気《ひとけ》の絶《た》えた航時機《こうじき》の前に、ぽつねんと一人立っていました。その美しい顔に、耐《た》えがたい激情《げきじょう》の色を浮《う》かべて航時機《こうじき》を見つめていたのです。いや、航《こう》時機《じき》の中にいる彼《かれ》を見つめていたのです。

彼女《かのじょ》の視線《しせん》は、『航時機計画《こうじきけいかく》』の説明を記したパネルに落ちましたが、すぐまた航《こう》時機《じき》の中の青年に戻《もど》りました。両方を交互《こうご》に見ながら、戦慄《せんりつ》と後悔《こうかい》の色を押《おさ》えようとしているようでした。

私《わたし》にそういう表情《ひょうじょう》を読みとれるはずがないのですけれど、一種の直感として感じとっていたのです。

やがて彼女《かのじょ》は唇《くちびる》を歪《ゆが》め目頭《めがしら》を両手で押《おさ》えると耐《た》えかねたように走り去ってしまいました。

それが私《わたし》と彼女《かのじょ》の初めての出会いだったのです。

私《わたし》はその時、『航時機計画《こうじきけいかく》』の雑務《ざつむ》、及《およ》び航時機《こうじき》の管理を務《つと》めていました。科学技術省内勤務《かがくぎじゅつしょうないきんむ》から、『航時機館《こうじきかん》』勤務《きんむ》という名目の異動《いどう》でやってきたので、元の同僚《どうりょう》たちの間では島流しだという噂《うわさ》もたったようでしたが、自分ではそれ程《ほど》気にもなりませんでした。昇給《しょうきゅう》などには大して興味《きょうみ》もありませんでしたし、かえって人間関係に気を使わなくとも済《す》むと考えたのです。ある程度《ていど》の教育を受けてはいったのですが、それを押《お》し進《すす》める欲《よく》も持っておりません。案外、自分に向いた職場《しょくば》ではないかとさえ思った程《ほど》です。

少々脱線《だっせん》してしまったようです。

話を戻《もど》します。

『航時機計画《こうじきけいかく》』、それは、一口で言えば生きたタイムカプセルでした。『航時機《こうじき》』に乗せた人間の潜在意識《せんざいいしき》に、時代の情報《じょうほう》を詰《つ》めこんで未来へ送るわけです。情報《じょうほう》は活字やテープでは伝承不可能《でんしょうふかのう》な『ニュアンス』にウエイトを置いたものです。そう、『語りべ』とでも言えば解《わか》り易《やす》いでしょうか。いわばタイムカプセルの生きたインデックスの役割《やくわり》です。その為《ため》、乗員の選択《せんたく》は慎重《しんちょう》に行われた筈《はず》です。

冷凍冬眠《コールドスリープ》による「未来輸送《みらいゆそう》」は人道的な面での反対意見があり、丁度《ちょうど》具体化され始めていた、『時間軸圧縮理論《じかんじくあっしゅくりろん》』という、時間の流れを八万五千分の一にする理論《りろん》の実《じっ》践《せん》という大義名分《たいぎめいぶん》で、『航時機《こうじき》』を使用する事となったのです。

航時機《こうじき》は未来へと直進します。いや、未来へしか進めないのです。しかし機内における時間は機外の八万五千分の一の速度で経過《けいか》しますし、乗員の新陳代謝《しんちんたいしゃ》も八万五千分の一というわけです。

つまり機外の一日は、航時機《こうじき》内では約一秒に相当するわけです。

計画のプロパー達《たち》がよく言う様に航時機《こうじき》が「初期形態《しょきけいたい》のタイム・マシーン」であるというのも頷《うなず》けます。

部屋に入ると、右隅《みぎすみ》に居坐《いすわ》る航時機《こうじき》は、一見すると、透明《とうめい》な雌《めす》のカブト虫です。高さ五メートル程《ほど》の機械昆虫《きかいこんちゅう》の、眼球《がんきゅう》にあたる部分から、触角《しょっかく》を思わせる二本のアンテナが飛びだしており、短いが太めの黒ずんだ五本の足で大理石の床《ゆか》をふんばっているといった風です。そして上部の後半分からは、太いのや細いのや、種々のパイプ、コードが幾百本も伸《の》びだし、収束《しゅうそく》されて壁《かべ》の中へはめこまれています。これは、裏側《うらがわ》の管理機械の計器類へとつながっているわけです。

航時機《こうじき》の上半分からは透明《とうめい》プラスチックを隔《へだ》てて、彼《かれ》が見降《みお》しているのです。未来への使者に選出された彼《かれ》。歳《とし》は二十三歳程《さいほど》で濃《こ》い眉《まゆ》と薄《うす》い唇《くちびる》、それに涼《すず》しい目もとは、とても印象的ですし、少々厚《あつ》めの唇《くちびる》を持つ私《わたし》に、コンプレックスを抱《いだ》かせるには充分《じゅうぶん》でした。

彼《かれ》の坐《すわ》っている座席《ソファー》は彼《かれ》の体型に合わせて作られた特製《とくせい》で、視覚効果《しかくこうか》も考慮《こうりょ》されたのでしょう。仲々豪華《ごうか》な〝王者の椅子《エル・シド》〟といったものを連想させます。それが微動《びどう》だにしないので全く「生きた彫像《ちょうぞう》」と言う表現《ひょうげん》があてはまるのです。その大理石の床《ゆか》に写る影《かげ》とあいまって、おのずと荘厳《そうごん》さを放ち始める程《ほど》です。

私《わたし》は、その青年に対して、特別の興味《きょうみ》を持つという程《ほど》ではありませんでした。この青年が選ばれずとも、代りに誰《だれ》かが乗っていたに違《ちが》いありませんから。

私《わたし》にとって、彼《かれ》は不特定多数応募者《おうぼしゃ》の一人にすぎなかったのです。

けれど、例の出来事《できごと》以来、私《わたし》は青年に少々の興味《きょうみ》を抱《いだ》き始めました。

――彼女《かのじょ》にとって、この青年は、一体何だったのだろう――と。

青年が、私《わたし》と同じ様に電子工学を学んだ二十四歳《さい》になるC大学院の研究生であったこと、それに趣味《しゅみ》として音楽――それもクラシック――を好み、ヨハン・セヴァスチャン・バッハのフーガニ短調を口ずさんでいたこと、家族は一昨年、父親が病死して以来、天涯孤独《てんがいこどく》であったこと。これらはパネルの説明文からすぐ解《わか》るのですが、いかにも無味乾燥《むみかんそう》といった、身上書《しんじょうしょ》をもとにしたたと思われるきれいごとの羅列《られつ》は何の役にもたちません。

ただ、走り去る彼女《かのじょ》の姿《すがた》だけが、妙《みょう》に心に焼きついて離《はな》れなかったのです。

私《わたし》はとにかく目をしばたかせました。すぐに信じる事が出来《でき》ませんでした。彼女《かのじょ》でした。

機械が作動を開始してから五年間も過《す》ぎていたでしょうか。彼女《かのじょ》に再会《さいかい》できたのです。見《み》まがう筈《はず》もありません。彼女《かのじょ》は、あの苦し気な眼差《まなざ》しで航時機《こうじき》を見つめていたのです。

時が経《た》つごとに『航時機計画《こうじきけいかく》』は、そのニュース・ショー的な性格《せいかく》を失い、年初めにマスコミから行事的番組として取りあげられる時だけ、世間の人々は「ああ、あの計画は、まだ続いているのか」といった風の暫《しばら》くの間、記憶《きおく》の片隅《かたすみ》から呼《よ》び起《おこ》される程度《ていど》のものになっていました。それも、次の毒々しいショー番組が始まる時は、きれいさっぱりと忘《わす》れさられていたに違《ちが》いありません。人々にとっては、ただ「時」の経《けい》過《か》を感じさせる過去《かこ》のある時点の事件《じけん》となっていたのです。

当然、科学技術者《かがくぎじゅつしゃ》にとっても『航時機計画《こうじきけいかく》』にかけられるウエイトも、少なくなり、人事面に於《お》ける経費《けいひ》の節減《せつげん》で、私《わたし》以外には現場《げんば》で管理にたずさわる人間を必要としなくなっていました。

この頃《ころ》は、すでに『航時機館《こうじきかん》』へ見学に来るのは、近くへ立《た》ち寄《よ》ったアベックや親子づれが、日に一度、あるかなしか程《ほど》になっていたのです。私《わたし》も、もう余《あま》り彼女《かのじょ》の事を思いだす事はありませんでした。

朝からその日は客も入らず、私《わたし》は航時機《こうじき》の横にある小さな部屋で朝刊《ちょうかん》を読んでいました。読んでいたと言っても単に目で追っていたに過《す》ぎません。私《わたし》にとってはこの空白な時間は一日で一番無意味ですが、好きな時間だったのです。

足音に気がついて、ふと顔をあげた時、彼女《かのじょ》はすでに航時機《こうじき》の前に立っていました。陽《ひ》ざしは強すぎる程《ほど》ではありませんでした。かといって弱すぎることもありませんでした。テラスの側からさしこむ陽《ひ》が、忘《わす》れかけていた彼女《かのじょ》をすっぽり包んでいたのです。彼女《かのじょ》はブルーのドレッシイなワンピースに、底の厚《あつ》い、先の丸くなった靴《くつ》をはいていたと思います。

彼女《かのじょ》の表情《ひょうじょう》を見た瞬間《しゅんかん》、五年前の光景をまざまざと思い出しました。

それは動きのない『静』の表情《ひょうじょう》の為《ため》だったかもしれません。整いすぎる程《ほど》の顔だちは、苦痛《くつう》や悲しみのみを表現《ひょうげん》する能面《のうめん》のそれが現《あら》われていたのです。

細身の体から、すんなりと伸《の》びた足が、新聞の間から垣間《かいま》みた私《わたし》の目には、まぶしく感じられました。

私《わたし》は迷《まよ》いました。

——話しかけようか。『あなたは、前にも、ここへ来られましたね』と。

私《わたし》は躊躇《ちゅうちょ》しながら時を過《す》ごしました。

しかし、その日私《わたし》はとうとう話しかけませんでした。ずいぶん長い時間、じっと立っている彼女《かのじょ》を盗《ぬす》み見《み》ながら、震《ふる》える手で朝刊《ちょうかん》を読んでいたのです。

そう、私《わたし》は、その時、彼女《かのじょ》に憧憬《どうけい》の念を抱《いだ》いたのかもしれません。それをはっきりと自覚したのは、翌日《よくじつ》、彼女《かのじょ》が再《ふたた》び訪《たず》ねて来た時でした。

彼女《かのじょ》は昨日の服装《ふくそう》で、昨日と同じ姿勢《しせい》、同じ表情《ひょうじょう》で、例の場所へ立ちました。

私《わたし》はもう、居《い》ても立ってもおれなくなってしまったのです。

平静さを、出来《でき》る限《かぎ》りの平静さを装《よそお》い、彼女《かのじょ》に何気なく近づき、何気なく話しかけたかったのです。ところが実際《じっさい》には、肩《かた》をいからせて、ひどくどもりながら話しかけることになってしまいました。

「お、おはようございます」

それだけ言ってふうと溜息《ためいき》をつきたかったのですが、それをぐっと我慢《がまん》しました。

彼女《かのじょ》は驚《おどろ》きながらも、何となく会釈《えしゃく》したという表情《ひょうじょう》でした。私《わたし》は、もっと何か話さねば、と思いました。話し続けて、彼女《かのじょ》も何かを話し始める雰囲気《ふんいき》を作らなければ……と。

「あ、あなたには、前にもお会いしましたね。いや、覚えておられる筈《はず》がありません。当然です。『航時機計画《こうじきけいかく》』が始まった頃《ころ》ですから。そして昨日も一日中、ここに来て、彼《かれ》を……いや、航時機《こうじき》を見ておられたでしょう。航時機《こうじき》に興味《きょうみ》がおありなのですか。

いや、悪い事じゃあないです。変じゃないですよ。世の中には色んな人がいる。昔のベンケイとかD51が好きだという人もいれば、自動車ならフォルクスワーゲンでなけりゃとか、それを一日中見ていてもとか、い、いろんな人がいる……」

私《わたし》は、文法的にも意味も支離滅裂《しりめつれつ》な事を、口走った様《よう》です。しかし、彼女《かのじょ》は微笑《ほほえ》んでいました。それは、今迄《まで》私《わたし》が屢々《しばしば》受けてきた嘲笑《ちょうしょう》とは全然別のものでした。

「よく、憶《おぼ》えていらっしゃいますのね」

彼女《かのじょ》は、それだけの言葉を、ゆっくりとつぶやくように言いました。

どことなく彼女《かのじょ》の笑《え》みの中に翳《かげ》があるのを私《わたし》は見逃《みのが》しませんでした。私《わたし》は調子に乗って彼女《かのじょ》をお茶に誘《さそ》ったのです。航時機《こうじき》の斜《なな》め前《まえ》には私専用《わたしせんよう》の中食用《ちゅうしょくよう》テーブルがあるのです。

「立ちっぱなしでは足も疲《つか》れます。お茶でも如何《いかが》でしょうか。いやインスタントコーヒーですけれども」

私《わたし》が、そそくさとポットで湯を沸《わ》かし始め、カップを並《なら》べたてた時、彼女《かのじょ》は歌う様《よう》に一人言を言ったのです。

「私《わたし》、航時機《こうじき》なんかを観《み》にきているんじゃありません。航時機《こうじき》なんか……」

顔をあげると、航時機《こうじき》の彼《かれ》の虚《うつ》ろな視線《しせん》が目に入って来ました。

「あなたは彼《かれ》のお友達《ともだち》なのでしょうか。彼《かれ》には家族はないと聞いていたのですが……」

その質問《しつもん》は、実にいやらしい回諄《まわりくど》さに満ちていたと思います。しかし彼女《かのじょ》は吐《は》き捨《す》てる様《よう》に、私《わたし》ではなく、他の誰《だれ》に向ってでもなく、言いました。

「私《わたし》……アキに捨《す》てられたのです」

私《わたし》は露骨《ろこつ》に興味《きょうみ》を示《しめ》さない様《よう》に、かなり注意していました。

「というと、あなたは彼《かれ》の、いやアキという人の」

「すみません。下卑《げび》た言い方をしてしまって。でも他に言い様《よう》がありませんわ」

今度の答えは、私《わたし》に向ってのものでした。私《わたし》は話題を変えようかと思ったのですが、急に変えるのも白じらしいような気がしましたし、折よくコーヒーも沸《わ》き始めていました。

「ああ丁度《ちょうど》コーヒーが入ったようですから。どうぞ冷めないうちに……お飲みになるでしょうね」

私《わたし》は『お飲みになりませんか』では断《ことわ》られると思ったのです。

彼女《かのじょ》は、小さく頷《うなず》くと、もう一度彼《かれ》――アキ――の顔を見やると、ゆっくり椅子《いす》に腰《こし》をおろしました。

「さあ、遠慮《えんりょ》なさらないで」

彼女《かのじょ》は私《わたし》をじっと見つめ、次の瞬間《しゅんかん》、面喰《めんくら》う程《ほど》の激《はげ》しさで、堰《せき》を切ったように話し始めていました。

「アキは……アキは、私《わたし》の事を忘《わす》れてしまったのです。アキは私《わたし》に会う時は、何時《いつ》も微笑《ほほえ》んでいました。あんな虚《うつ》ろな眼差《まなざ》しじゃなかった。アキは航時機《こうじき》に……未来に憧《あこが》れて、私《わたし》を忘《わす》れたのです。私《わたし》も、あなたの事を忘《わす》れてしまいたい……」

それは今迄《いままで》溜《たま》っていた何かを一せいに発散させたのだということが、私《わたし》にも解《わか》りました。

彼女《かのじょ》は、わっとテーブルの上に泣《な》き伏《ふ》したのです。

彼女《かのじょ》の差《さ》し伸《の》ばした細い指の間から何か白い小さな輝《かがや》く玉が転げ落ちました。それは真珠《しんじゅ》でした。

私《わたし》はなんとなく気まずい思いでコーヒーを飲《の》み干《ほ》しました。私《わたし》はなす術《すべ》もなく、航《こう》時機《じき》の下へ転がっていく真珠《しんじゅ》をみつめていたのです。

それ迄《まで》は、計器の点検《てんけん》、アキの外観的《がいかんてき》体調などを観察《かんさつ》し、あとは見学者の管理をやって過《す》ごすのが、私《わたし》の主な日課でした。

その中に新たに、彼女《かのじょ》とのお茶の時間が組みこまれたのです。

彼女《かのじょ》は、あれから毎日、殆《ほと》ど欠かさずに航時機館《こうじきかん》へやってくるようになりました。

彼女《かのじょ》の名は美亜《みあ》と言いました。自分を美亜《みあ》と呼《よ》んでくれて構《かま》わないと言ったのです。

彼女《かのじょ》は、いつも朝早くからやってきて、私《わたし》が起きて計器類の点検《てんけん》をすませた後、部屋へ入って行くと、彼女《かのじょ》は、すでに椅子《いす》に腰《こし》かけていて航時機《こうじき》の彼《かれ》を眺《なが》めているのでした。

それから私《わたし》は朝刊《ちょうかん》を読み、見学者の来ない日なぞは、一日中ポツリポツリ世間話をしたり、たがいの身の上を話したり、まあそんな風だったのです。

彼女《かのじょ》は常《つね》に簡素《かんそ》な目だたぬ服装《ふくそう》でした。白のブラウスや、紺《こん》のワンピースは、彼女《かのじょ》の清潔《せいけつ》さを物語るに充分《じゅうぶん》だったと言えましょう。

私《わたし》が彼女《かのじょ》に対して質問《しつもん》しなくとも彼女《かのじょ》の方から控《ひか》え目《め》ではありましたが少しずつ話を始めていました。

彼女《かのじょ》の話によれば、アキとは大学の仏文学《ふつぶんがく》の講義《こうぎ》で知りあったのです。アキは仏文《ふつぶん》は余《あま》り得意でなかったらしく、試験前に彼女《かのじょ》にノートを貸《か》してくれるよう頼《たの》みこんだ事から、二人の交際《こうさい》は始まったのです。私《わたし》が、それはあなたと知合いになる手段《しゅだん》だったのでは、と言うと、彼女《かのじょ》は寂《さび》しそうに笑いました。

二、三度アキと学校の外で話すうちに、すっかり二人は打ちとけあい、休日には二人で過《す》ごすのが習慣《しゅうかん》となっていました。

彼女《かのじょ》は私《わたし》に、その頃《ころ》の思い出を、こう語ってくれました。

「日曜日だけじゃなく、暇《ひま》さえあれば二人は会って話をしていました。何を話すというんじゃなく、ただ何となく会って、他愛《たあい》もない事を話して笑いこけて……。でも不安でした。会って一緒《いっしょ》にいないと、何か得体のしれない物に対して不安で仕方がなかったのです。

「アキが、講義《こうぎ》の間中《あいだじゅう》、廊下《ろうか》で私《わたし》を待っていてくれた事もありました。私《わたし》が教室を出ると、しょんぼり窓《まど》にもたれかかった彼《かれ》が立っていたのです。アキは、その時風邪《かぜ》をひいていて、下宿まで送っていって解《わか》ったのですが、三十九度も熱があったのです。彼《かれ》は『暇《ひま》だったから、待ってたのさ』なぞと言っていたのですけど……。

「休日は、そう、アキの下宿の近くの池のまわりを散歩したり、釣《つり》をやった事もあります。彼《かれ》が十日分の食費を投げうって釣《つり》ざおを買いこみ、池へ出かけて行ったのですが、一匹《いっぴき》も釣《つ》れませんでした。雨の降《ふ》る日を選んで大きなポケット付のコートを持参して、図書館へ二人の好きな作家の載《の》った雑誌《ざっし》を盗《ぬす》みにいったりした事もありました。

「おかしかったのは、街頭で意味のないフランス語を使って大声でけんかする真似《まね》をしてみた時です。英語がどうしても途中《とちゅう》でまじってしまうのはまあ救えるとしても、アキの故郷《こきょう》の方言がとびだしてしまったりするものですからつい吹《ふ》き出《だ》してしまいます。すると急に彼《かれ》はオシの真似《まね》を始めるのです。手真似《てまね》で話すと私《わたし》はフランス語でまた問いかける。道行く人々が立ち止ると、二人で大声で『セ・ラ・ヴィ』と叫《さけ》んで逃《に》げ出《だ》したり……。

「本当におかしいとお思いでしょうね。でも、二人ともその時には口に出せなかったのです。愛してるって事を。友達《ともだち》であるという事を、二人とも妙《みょう》に強調しあって。だから、あんな馬鹿《ばか》みたいな遊びをやったのに違《ちが》いありません。でもアキは、私《わたし》が愛していた事を知っていたに違《ちが》いありません。私《わたし》も彼《かれ》が愛してくれていると、ちゃんと感じていたのです」

私《わたし》は美亜《みあ》の話に相槌《あいづち》を打ちました。

「それで、とうとう彼《かれ》は愛している事を告げなかったのですか」

彼女《かのじょ》は暫《しばら》く押《お》し黙《だま》りましたが、

「告白しましたわ。だから婚約《こんやく》したのです」

「ほう、それなのに、何故《なぜ》、彼《かれ》は航時機《こうじき》へなんぞ乗ったのでしょう。彼《かれ》は幸福の絶《ぜっ》頂《ちょう》にいた筈《はず》じゃありませんか。いや、あなたはまさか、彼《かれ》の科学への探究心《たんきゅうしん》の方が、あなたへの愛情《あいじょう》よりも優先《ゆうせん》していたというのではないでしょうね。たったそれだけの偽善的《ぎぜんてき》な理由だけだというのではないでしょうね。違《ちが》いますか。何か理由があるのでしょう。もし私《わたし》が彼《かれ》だったとしたら、絶対《ぜったい》に……」

そこで私《わたし》ははっと口ごもりました。美亜《みあ》はその時、何も言いませんでした。美亜《みあ》の潤《うる》んだ眼《め》を見ると、それ以上話を続けられず再《ふたた》び沈黙《ちんもく》が続きました。

「わからないのです。理由がわからないのです。これを見てください」

やっと口を開いた彼女《かのじょ》が私《わたし》に差し出したものは、先日目にした一粒《つぶ》の真珠《しんじゅ》でした。それは直径が五ミリ位《くらい》でしょうか。珍《めずら》しく透明《とうめい》に近い感じの、七色に光る美しい真珠《しんじゅ》でした。

「これは、先日も持っておられましたね」

「ええ。この間の真珠《しんじゅ》です。彼《かれ》に貰《もら》ったのです。彼《かれ》は婚約指輪《こんやくゆびわ》の誕生石《たんじょうせき》の事を私《わたし》に尋《たず》ねました。生れた月の石を私《わたし》にプレゼントする積《つも》りだったのです。私《わたし》は十二月生れなのでざくろ石《ガーネット》ですが、余《あま》り好きじゃないし欲《ほ》しくもないと答《こた》えました。すると彼《かれ》は子供《こども》の頃《ころ》から持っ苦しいと言《い》えない迄《まで》も楽とは言い難《がた》いものでしたから。彼《かれ》の生活は、ているというこの真珠《しんじゅ》をくれました。『愛しているというしるしだ。でも、この真珠《しんじゅ》には、ほら、ここに傷《きず》がある、君との結婚式《けっこんしき》には、エンゲージリングにもダイヤを使わず真珠《しんじゅ》を贈《おく》ろう。真珠《しんじゅ》の意味する言葉を知ってるかい。〝純潔《じゅんけつ》〟さ。ちょっと趣味《しゅみ》が悪いかなあ』と。私《わたし》はうれしくて、ありがとうと答えました。ことさら真珠《しんじゅ》が好きだという事もなかったのですが、そういう事から、私《わたし》はずっとこの真珠《しんじゅ》を肌身離《はだみはな》さず持っているのです。今、一番好きな宝石《ほうせき》は、と問われたら……私《わたし》はためらわず、『真珠《しんじゅ》です』と答えますわ」

彼女《かのじょ》の表情《ひょうじょう》から、ちょっとの間、かげりがどこかへ消えたように見えました。私《わたし》は言いました。心から、

「本当にきれいですね」

「きれいです。本当に」

彼女《かのじょ》は真珠《しんじゅ》をそっとテーブルの上に置きました。

「アキに、この真珠《しんじゅ》が見えるでしょうか。どう思われます」

こう聞かれて、私《わたし》はまた、口ごもりました。初めて、航時機《こうじき》の中のアキに少々嫉妬《しっと》を感じたのです。

「さあね。航時機《こうじき》内は、こちらの二十四時間、つまり一日が一秒にしか感じられないのです。あなたが、ここへやってきてからの数日間も、彼《かれ》にとっては数秒間のまるで駒落《こまお》としの映画《えいが》みたいに写っているのではないでしょうか。だから乗務員《じょうむいん》の視力《しりょく》を守る為《ため》に、テラスの外は常緑樹《じょうりょくじゅ》が、ほら、あんなに植えてあります」

彼女《かのじょ》は一度、常緑樹《じょうりょくじゅ》の方を見てから、つぶやくように言いました。「とすれば、悲

しいですわ。彼《かれ》はスラップスティックス映画《えいが》の観客《かんきゃく》で、私達《わたしたち》がそれを演《えん》じてみせている。そんなことでしょう。いやだわ。声は、どうなんでしょう。聞こえているのでしょうか」

「きっとかん高い音がするのではないでしょうか。周波密度《しゅうはみつど》が高くなっていますからね。いや、音は全然聴《き》く事はできませんよ。彼《かれ》が外部の音を聞かないですむように航《こう》時機《じき》の周囲で吸収《きゅうしゅう》してしまっているのです。でないと危険《きけん》ですからね。彼《かれ》にとって」

何故《なぜ》、危険《きけん》なのかという事を説明しようとしたのですが、彼女《かのじょ》の「そうですか」という落胆《らくたん》した返事に遮《さえぎ》られると、それでもう何も言えなくなり、又《また》、会話は中断《ちゅうだん》されてしまいました。

「真珠《しんじゅ》かあ」

私《わたし》が思わず呟《つぶや》くと、美亜《みあ》は、ふふっと悪戯《いたずら》っぽく笑い、テーブルの上の真珠《しんじゅ》をとりあげて見つめました。

「私《わたし》も本当にアキを愛していたと言えるのかしら。捨《す》てたのは、私《わたし》の方だったかもしれない……」

＊　　＊

こう書いてくると、とても数十年前の事とは思えません。まるで、二、三年前の出来事《できごと》だった様《よう》な気がするのです。あれから正確《せいかく》に、どのくらいの時が流れたものでしょうか。

ファイブ・オクロック・シャドウと言う表現《ひょうげん》があります。アキのほおにその髭《ひげ》が、うっすらと影《かげ》を持つ程《ほど》です。かなり経《た》つのでしょう。私《わたし》も耳が遠くなり、時々、自分ながらふと年齢《ねんれい》を感じてしまいます。

美亜《みあ》からは、年齢《ねんれい》のため老《ふ》けこむというより、精神的《せいしんてき》な疲労《ひろう》によって老《ふ》けこんだという印象をうけるのです。膚《はだ》はかさかさと音を出しそうなほど乾《かわ》きはて、瞳《ひとみ》だけが昔と同じに寂《さび》しそうな輝《かがや》きを放っていました。

「アキは……やはり私《わたし》を忘《わす》れたのではないでしょうか。頭の中は航時機《こうじき》の理論《りろん》や、詰《つ》めこまれた情報《じょうほう》ばかりが渦《うず》まいていて……」

私《わたし》は、また始まったのかと思い、難聴《なんちょう》をいい事に新聞を読み続けました。

「あなたは、昔、科学的探究心《たんきゅうしん》だけで航時機《こうじき》へ乗るのは偽善《ぎぜん》だとおっしゃいましたね。私《わたし》もそうだと思います。アキは、本来の意味でのタイムマシンが発明される遠未来まで、この航時機《こうじき》に乗っているつもりでしょうか」

私《わたし》は相変らず黙《だま》ったままでした。美亜《みあ》は、しばらく考えこみ、

「やはりタイムマシンなぞ発明されませんわね。もし発明されるのなら、彼《かれ》はそれに乗って帰ってきます。私《わたし》のいる今へ……私《わたし》を愛してくれていたならの話ですけど。でも、今まで帰ってこないのは、私《わたし》を愛していなかったからではないでしょうか」

「もし、そうなら、私《わたし》は、惨《みじ》めですわ。……どうしたら、アキが、私《わたし》を愛してくれていたか確《たし》かめられるでしょうか」

「さあねえ」

やっと、私《わたし》は返事をしたのですが複雑《ふくざつ》な気持でした。他に言いようもなく、もう一度「さあねえ」と繰返《くりかえ》して考《かんが》え込《こ》むふりをしました。美亜《みあ》はいつものようにテーブルから頬杖《ほおづえ》を外すと真珠《しんじゅ》をとり出しました。

「私《わたし》にアキが残したのは、この真珠《しんじゅ》だけです。もう、私《わたし》にとって今の望みは、彼《かれ》の本当の心を知りたいという事だけですわ。私《わたし》が何をやってもアキには解《わか》らないと思うと情《なさけ》なくなります」

「こちら側からの連絡法《れんらくほう》がないからなあ。……思いつきに過《す》ぎないのだけれど、それ程《ほど》アキの事を思っていたのなら航時機《こうじき》をもう一台作って乗ってったらどうだったのだろう」

「それは、私《わたし》も昔、考えた事があるのです。でも、何となく彼《かれ》は、タイムマシンで帰って来るような気がしましたし、私《わたし》がそのアイデアを思いついた時はもう私《わたし》の方が年上になっていたのです」

「それでは仕方ないねえ」

「彼《かれ》が好きだったアポリネールの詩の一節を時々ふと思い出したりするのです。

『日も暮《く》れよ鐘《かね》も鳴れ、
月日は流れ私《わたし》は残る……』という……

『ミラボー橋』だったかしら」

私《わたし》は美亜《みあ》の話を聞くともなしに頷《うなず》き、新聞を読み返し始めました。

「彼《かれ》は、もう私《わたし》の事を忘《わす》れているかもしれません。肉体的時間、新陳代謝《しんちんたいしゃ》だけが遅《おそ》くなって、精神的《せいしんてき》、感覚的な時間経過《じかんけいか》は外部の私達《わたしたち》とそう変らないとしたら、もう私《わたし》のことなど、忘《わす》れてしまっているのではないでしょうか」

彼女《かのじょ》も老衰《ろうすい》したなと感じました。何故《なぜ》って、肉体的時間が遅《おそ》くなっているのですから、当然、脳《のう》も肉体の一部である以上、思考時間もそれに比例《ひれい》するではありませんか。馬鹿《ばか》げていると思いましたが、私《わたし》はその考えを口にしませんでした。その時、彼女《かのじょ》はかなり饒舌《じょうぜつ》になっていたようです。

「北欧《ほくおう》の話です。昔、氷河《ひょうが》の間から男の子の死体が発見されたんです。身許《みもと》を調べても、行方不明《ゆくえふめい》の子供《こども》など心当りがなく、皆《みな》が調べていたのですが、一人の老人が、死体を見た途端《とたん》、わっと泣《な》き伏《ふ》しました。『兄さん。兄さん』と叫びながら……。

「老人が子供《こども》の頃《ころ》、その児《こ》は突然行方不明《とつぜんゆくえふめい》になったのです。老人の兄は氷河《ひょうが》の割目《われめ》に落込《おちこ》んで氷詰《こおりづ》めになり、肉体も腐敗《ふはい》する事なく凍結《とうけつ》してしまい、数十年後の思わぬ再会《さいかい》となったのです。ちょうど私《わたし》の場合もそうでしょうか」

美亜《みあ》がそんな話を、自嘲的《じちょうてき》に語るものですから、私《わたし》も皮肉な気分になり、口笛でサンディ・デニイの『WHO KNOWS WHERE THE TIME GOES?』なぞを吹《ふ》き、アキの方を横目でちらりと見たりするわけです。アキといったら例の虚《うつ》ろな眼差《まなざ》しで凍《こお》りついたままなのですけれど。

ですが、本心、彼《かれ》を見ていて考えてしまうのです。時の流れというものはすべてを変えるものだなあと。実際《じっさい》、この部屋にしろ、変っていないのは彼《かれ》、アキだけなのです。航時機《こうじき》の周囲の外壁《がいへき》にあたる金属《きんぞく》の部分さえも、最初の頃《ころ》の光沢《こうたく》が消え去っていました。ワックスを使えばある程度《ていど》の光沢《こうたく》は戻《もど》るのでしょうが、手入れする者などいるはずがありません。今、この航時機計画《こうじきけいかく》を記憶《きおく》している人が、果して何人いるでしょうか。もっとも、興味本位《きょうみほんい》で、ふらありここへ訪《おとず》れる人が全然いないわけではなかったのです。興味《きょうみ》、それは美亜《みあ》へのそれです。その中で、私《わたし》でさえも嫌悪感《けんおかん》を催《もよお》したのは、テレビのプロデューサーでした。彼《かれ》の吐《は》き出《だ》す露骨《ろこつ》な言い草は、とても彼女《かのじょ》には聞かせたくありませんでした。プロデューサーはアキを見るなり、

「この表情《ひょうじょう》は『八方《はっぽう》にらみ』と言うやつだな。よく商業ポスターで使うあれだ。何処《どこ》から見てもこっちを凝視《みつ》めている感じがする」

それから嘲笑《あざわら》うような視線《しせん》をゆっくり美亜《みあ》へ向けて、

「ほほお、あなたが、評判《ひょうばん》の……」

評判《ひょうばん》になっているはずは、ありませんでした。ですが、この汚《きた》ならしい大衆《たいしゅう》の道化《どうけ》師《し》は、何処《どこ》からか彼女《かのじょ》の事を聞《き》き及《およ》んだに違《ちが》いないのです。それもいやらしい好奇心《こうきしん》をむき出しにして。

「あああ、あなたが評判《ひょうばん》の、今大評判《だいひょうばん》の……」

と、わざとらしく、手をひくひくと動かして、まるで感激《かんげき》のシーンのパロディを演《えん》じてみせるのです。それも、自分がやっていることが、ものすごく気のきいた冗談《じょうだん》であると信じているふうなのです。

それから彼《かれ》はゆっくり腕《うで》を組み、物思いにふけるといったポーズを取り、突然《とつぜん》ニッと笑って言いました。

「駄目《だめ》だなあ。やはり駄目《だめ》だ。絵にならない。視聴者《しちょうしゃ》は興味《きょうみ》を持たないよ。彼女《かのじょ》が、犬か猫《ねこ》だったら、『忠犬《ちゅうけん》ハチ公』の現代版《げんだいばん》といった風に、感動ドキュメンタリーを再《さい》現《げん》してやるんだがなあ。……まあ、企画《きかく》には載《の》せとくか」

彼女《かのじょ》は黙《だま》っていました。まるで彼《かれ》の言葉が全然聞こえていないという様子で……。

「彼女《かのじょ》がもっと若《わか》けりゃ、ミュージカル仕立てのショー番組でも作るのだけどさ」

男は私《わたし》にいやらしいウインクをしてみせました。それから、「まだ、にらみやがる」とか、ぶつぶつ一人言を言いながら、そそくさと出ていってしまいました。

一体、何の用事でやって来たというのでしょう。私《わたし》は異常《いじょう》な程《ほど》、腹《はら》を立てました。

プロデューサーに対してではなく、ここまで彼女《かのじょ》を追いやったアキに対してです。

ある日《ひ》、美亜《みあ》という名の老婆《ろうば》は、何かを予期しました。まるで恩寵《おんちょう》をうけたかの如《ごと》く、突然私《とつぜんわたし》に言いました。

「私《わたし》が死んだら、この真珠《しんじゅ》は……あなたにまかせます。適当《てきとう》に処分《しょぶん》していただいてけっこうです。もう必要なくなりそうな気がしますから」

驚《おどろ》いて彼女《かのじょ》を見つめると、彼女《かのじょ》は、真珠《しんじゅ》をそっと私《わたし》に差しだしました。

「私個人名義《わたしこじんめいぎ》の財産《ざいさん》は、福祉施設《ふくししせつ》にでも寄付《きふ》してくださいませんか。面倒《めんどう》でしょうけれど、勝手なことを言ってごめんなさい」

私《わたし》は頷《うなず》きました。

死期を悟《さと》るというのは本当でしょうか。私《わたし》には信じられないことですが、彼女《かのじょ》はまるで、ワイルドの『幸福の王子』に仕える燕《つばめ》の如《ごと》くして死んでいこうとしていたのでした。

翌々日《よくよくじつ》、彼女《かのじょ》は二言、しゃべりました。

「アキは、まだ私《わたし》を覚えているかしら」

私《わたし》は答えませんでした。難聴《なんちょう》である事を利用して、聞かザルを決めこんでいたのです。でないと、またいつものように、繰《く》りごとを聞かされるに違《ちが》いなかったからです。

美亜《みあ》は椅子《いす》にじっと坐《すわ》ったままでした。

「アキには、私《わたし》が此処《ここ》にいた事さえわからなかったのかもしれませんわ。私《わたし》の一生は、一体何だったのでしょう。……それから、それからあなたにも、お詫《わ》びしなければ。本当に、すみませんでした。悪かったと思います」

私《わたし》はその言葉にショックを受けました。その言葉をアキの前で、言われた事に対してです。年甲斐《としがい》もなく顔が火照《ほて》っていくのを感じました。

もう陽射《ひざ》しが西の方角へ傾《かたむ》いた頃《ころ》でしょう。私《わたし》はそっと呼《よ》んでみました。

「美亜《みあ》」

彼女《かのじょ》は眠《ねむ》っていました。

彼女《かのじょ》は眠《ねむ》っているように見えたのです。

「美亜《みあ》」

もう一度呼《よ》んでみました。

彼女《かのじょ》の体は、ゆっくり揺《ゆ》れ、それから大理石の床《ゆか》の上へ鈍《にぶ》く乾《かわ》いた余韻《よいん》のある音を立てて倒《たお》れました。

こおおおおん

彼女《かのじょ》はすでに死んでいました。美亜《みあ》は寄《よ》りかかれる場所を一生持たぬまま死んでいったのです。

私《わたし》の耳には、美亜《みあ》が倒《たお》れる時たてた乾《かわ》いた音が、妙《みょう》に印象深く残っていました。

真珠《しんじゅ》をどう処理《しょり》すべきか、なぞという事は、全然頭の中にありませんでした。

美亜《みあ》に関して私《わたし》の知っている限《かぎ》りの話を、客観的《きゃっかんてき》に……出来《でき》るだけ客観的《きゃっかんてき》に綴《つづ》ってきた積《つも》りです。それは私《わたし》にとって、何とも短かすぎるような気もするし、又《また》、述《の》べ足りなかった所があるような気もします。逆に冗長《ぎゃくじょうちょう》なきらいもあるなに思えるのです。ですが、私《わたし》はこの話を終えるにあたっては、どうしても、それから起った一つのエピソードを付け加えておかずにはいられないのです。

私《わたし》の生活プログラムには、その後も大した変化はなく、彼女《かのじょ》のいない生活に、さして寂《さび》しさも感じない毎日が続いていていました。

それでも、時々ふと彼女《かのじょ》に初めて会った時の事などを思い出してしまうのです。若《わか》かったのだなあ。そう考えるとアキの方へ自然と目が行ってしまいます。彼《かれ》は彼《かの》女《じょ》の一生を数時間で目の前に見たはずなのです。

美亜《みあ》に気づいたでしょうか。

いいや、それはおそらく無理だろう。でも、そんな事はどうでもいいじゃないか。

やっと、そう思いました。

彼女《かのじょ》はアキの恋人《こいびと》だったのだぞ。

「お父さん」

耳もとで声が聞こえたのですが、私《わたし》は極度に反応《はんのう》が鈍《にぶ》くなっていました。

「久《ひさ》しぶり。お父さん」

仲々、焦点《しょうてん》が定まらないのです。

「あ、あ、あ」

と言いながら、私《わたし》はやっと息子夫婦《むすこふうふ》が遊びに来たのだという事が解《わか》りました。

「どう、元気ですか。もう、こんな仕事はやめちゃったらどうなんです。お父さん。そろそろ隠居《いんきょ》して、僕等《ぼくら》に手を焼かせてもいい頃《ころ》だと思いますよ。もう、働きすぎる程《ほど》、充分《じゅうぶん》働いてきたではありませんか。今日、やってきたのも、ほら、テレ・メールでお知らせしたと思うんですが」

これは息子夫婦《むすこふうふ》の本音に違《ちが》いないのです。技師《ぎし》をやっている息子《むすこ》は、浅黒い腕《うで》に孫《まご》娘《むすめ》を抱《だ》いて、健康そうに笑うのです。

「美樹《みき》、おじいちゃまにお会いするのは初めてでしょう。さ。ごあいさつは」

女の子はニッコリ笑い、黙《だま》ったままで、ぴょこんと頭をさげました。

「ねえ。お父さん、私《わたし》からもお願いしますわ」

良くできている。息子《むすこ》には過《す》ぎた女だ……。息子《むすこ》の妻《つま》からは、いつも笑顔《えがお》が絶《た》えた事がないのです。

二人共うまくいっているのだな。

「ありがとう。うれしいよ。おまえたちのその気持だけを受けさせてもらうよ」

私《わたし》はもう、一生この航時機《こうじき》の前から離《はな》れようなぞと考えた事もありませんでした。私《わたし》は美亜《みあ》と同じように何時《いつ》の間《ま》にか航時機《こうじき》の前で静かに死んでいきたいと思うのです。

「もう、降《お》りるわ。苦しいんだもの」

息子《むすこ》の腕《うで》から飛《と》び降《お》りた孫娘《まごむすめ》は、大きな瞳《ひとみ》をくるくると珍《めずら》しそうに動かしました。

息子《むすこ》は微笑《びしょう》しながら、

「お母さんに似《に》てると思いませんか。隔世遺伝《かくせいいでん》ですかねえ」

私《わたし》は頷《うなず》きました。始終《しじゅう》あたりを駆《か》けまわる様子は、まるで好奇心《こうきしん》の固まりです。一時も同じ場所へじっとしていないのです。

「美樹《みき》は、ここへくるのは初めてだったね。いろいろ珍《めずら》しいものがあるだろう」

すると息子《むすこ》は仕事の邪魔《じゃま》になるとでも気兼《きが》ねしたのでしょうか。

「さあ、そろそろお暇《いとま》しようか。美樹《みき》。長い事いると、どうも、おいたをやらかしそうだぞ」

「まだいいじゃないか。来たばかりなのだし」

すると息子《むすこ》は、いやまだちょっと用があるので失礼しなければならぬと言いました。

「帰るよ。美樹《みき》」

ところが、美樹《みき》は、いっこうに帰りたがる様子を見せないのです。

「いや。ミキはもっとここにいたい。あそぶものがたくさんあるもの」

息子《むすこ》は仕方なさそうな表情《ひょうじょう》で苦笑《にがわら》いをしながら私《わたし》を見ました。

「ああ、構《かま》わないよ、私《わたし》は。帰りにまた寄《よ》ってくれればいいのだし」

と私《わたし》が言うと、息子夫婦《むすこふうふ》は、頼《たの》みますと告げて出ていきました。

私《わたし》と美樹《みき》の二人っきりになると、彼女《かのじょ》は持ち前の好奇心《こうきしん》をフルに活動させ始めたのです。

「ねえ、おじいちゃん。これなあに」

まず、孫娘《まごむすめ》の興味《きょうみ》の槍玉《やりだま》にあがったのは、何といっても航時機《こうじき》でした。

私《わたし》が簡単《かんたん》に、しかもわかりやすい説明を、かなり苦労の末にやり終えた時は、彼女《かのじょ》の興味《きょうみ》はすでに他の物へと移《うつ》っていました。

「このきれいなものなあに。おじいちゃん。ねえったら。なあに」

美樹《みき》は何時《いつ》の間《ま》にか、テーブルの上へよじ登っていました。

「なあに、これ」

それは美亜《みあ》が亡《な》くなって以来ずっと置き放しにしてあった真珠《しんじゅ》でした。

――まだこんなところに置いてあったのかあ。どうするべきかなあ。

「ああ。いいかい、これは真珠《しんじゅ》というものだよ。きれいだろう」

別に詳《くわ》しい説明を付け加えませんでした。そっと孫の手のひらへ乗せてやると、よっぽど気に入ったらしい様子で、二、三度「しんじゅ、しんじゅ」と唱えてじっと見つめていました。

――美亜《みあ》も浮《う》かばれないだろうなあ。彼《かれ》にせめて、美亜《みあ》が一生アキを思い続けていた事を、知らせる事が出来《でき》ないものだろうか。彼女《かのじょ》は、苦しみすぎる程《ほど》苦しんでいる。それが酬《むく》いられなかったなんて、余《あま》りに悲しすぎるなあ。

私《わたし》は自分でそう確信《かくしん》して勝手に頷《うなず》きました。

――本来、この真珠《しんじゅ》はアキの物だから、彼《かれ》が航時機《こうじき》を出るまで保管《ほかん》しておくべきかもしれないなあ。だが、まてよ。ここへ真珠《しんじゅ》を放置していたのだから……。ひょっとしたらアキには数秒間この真珠《しんじゅ》が見えたのじゃないだろうか。

でも、私《わたし》には確信《かくしん》がありませんでした。内部から何らかの意志伝達《いしでんたつ》方法があればいいのですけれど。

……アキは本当に美亜《みあ》を愛していたのだろうか。愛していなかったのなら一体美亜《みあ》の一生は何だったのだろう。悲しすぎる。あまりにも悲しすぎる。

そう、その時、私《わたし》は真珠《しんじゅ》を美樹《みき》にやる事に決心したです。

「美樹《みき》が、そんなに気に入ったのなら、その真珠《しんじゅ》はあげよう。お父さんに、リングを……金のリングをつけてもらって指輪にしてもらいなさい」

美樹《みき》の喜びようは大変なものでした。

「ありがとう。うれしいわ。ミキはずっとずっともってるわ。だいじにするわ。ぜったいなくしたりしないわ。ほんとうよ。ゆびきりしてもいいわ」

私《わたし》は目を細めました。美亜《みあ》もこの処置《しょち》には賛成《さんせい》してくれると思いましたし。

老人の回顧癖《かいこへき》というのでしょうか。真珠《しんじゅ》が私《わたし》の手から離《はな》れた途端《とたん》、今迄《いままで》の美亜《みあ》との会話の記憶《きおく》の断片《だんぺん》が、どっと溢《あふ》れ始めたのです。

「一番好きな宝石《ほうせき》は、と聞かれたら……私《わたし》はためらわず『真珠《しんじゅ》』と答えますわ」

「私《わたし》、航時機《こうじき》なんかを観《み》にきているんじゃないんです。……航時機《こうじき》なんか」

「私《わたし》の一生は、何だったのでしょう。……それからあなたにも、お詫《わ》びしなければ。本当に……

お詫《わ》びしなければ
お詫《わ》びしなければ
お詫《わ》びしなければ
お詫《わ》びしなければ
お詫《わ》びしなければ
お詫《わ》びしなければ

こおおおおおおおおおん

「シンジュ。シンジュよ」
私《わたし》はふっと現実《げんじつ》にたちかえりました。そっと孫の手のひらの真珠《しんじゅ》を指さして言いました。

「これがどうしたの」

孫は「ううん」と大きく首を振《ふ》ったのです。

「ううん。ちがうの。あっちにもしんじゅがあるわ。ほんとにしんじゅよ。これとおんなじ」

美樹《みき》の指さした方角にあったのは航時機《こうじき》でした。

「さっき説明してあげたでしょう。あれは航時機《こうじき》と言ってね……」

「ううん。それはわかったの。あのなかにしんじゅがあるの。ねえ。みてよ。ねえってば」

私《わたし》たちは航時機《こうじき》の前へ歩みよりました。そして美樹《みき》は勝《か》ち誇《ほこ》った様《よう》に言うのです。

「ねえ。これよ」

それは確《たし》かに真珠《しんじゅ》でした。陽《ひ》に輝《かがや》いてキラキラ光る透明《とうめい》な真珠《しんじゅ》。それはアキの足元から十センチ程《ほど》上に、宙《ちゅう》に浮《うか》んでいました。そしてそれは、かすかですけれど確実《かくじつ》に落下しつづけていたのです。

「ねえ、おじいちゃん。シンジュでしょう」

女の子はまだ自分の主張《しゅちょう》を続けていました。

「彼《かれ》は美亜《みあ》の事がわかったんだ。だから……いや最初からアキは美亜《みあ》を愛し続けていたんだ」

私《わたし》の胸《むね》に、何か、じーんとする物がこみあげてきました。もう。私《わたし》には、頷《うなず》く事しか出来《でき》なかったのです。

「ねえ、シンジュでしょ。ねえったら」

私《わたし》はかすれそうな声でやっと答えていました。

「ああ、真珠《しんじゅ》だよ。おまえのおばあちゃんのための真珠《しんじゅ》なのだよ」

美樹《みき》が何歳《なんさい》になった時、彼《かれ》は航時機《こうじき》から出てくるのでしょう。そう何十年も先の事ではないはずですが……そう思いました。しかしその時まで、私《わたし》は生きている事は不《ふ》可能《かのう》でしょう。

もう、その時は美樹《みき》たちの時代なのです。

いや、そんな事はどうでもいい。アキは、本当は美亜《みあ》を愛していたのですから。

「ほんとに、きれいだわあ」

美亜《みあ》の面影《おもかげ》が、ふっと幼《おさな》い孫の横顔をよぎりました。

七色に輝《かがや》く真珠《しんじゅ》は殖《ふ》え続けていたのです。

アキの顔は歪《ゆが》み、口は大きく開かれようとして。

最初の真珠《しんじゅ》は床《ゆか》の上でゆっくり王冠《おうかん》を形造《かたちづく》りました。まるで本当の真珠《しんじゅ》のように……。

それは、アキがまだ持っていた、美亜《みあ》のための真珠《しんじゅ》なのです。

「とってもきれい」

私《わたし》も……そう思いました。

時《とき》の渦《うず》

星《ほし》新《しん》一《いち》

その現象《げんしょう》はなんの理由も必然性《ひつぜんせい》もなしに、この世界をおおいつくした。

しかし、これについての前兆《ぜんちょう》は、いろいろな形であらわれていた。まず、予言や占《うらな》いのたぐいを商売にしている人たちが、迫《せま》ってくる異変《いへん》に気づいた。といって、なにが起るのかを明確《めいかく》に感じとり、それを語ったのではなかった。未来のことが、口にできなくなってしまったのだ。

ごく近い将来《しょうらい》のことなら、いままでと変りなく言えるのだが、ある日時を越《こ》えてさらにその先のこととなると、手のつけようがなくなるのだった。いかに水晶《すいしょう》球を凝《ぎょう》視《し》しても、客の掌《てのひら》に目を近づけても、なんの霊感《れいかん》も浮《う》かんでこない。その日時から先の未来には、空虚《くうきょ》しか存在《そんざい》しないといった感じなのだ。この世が断崖《だんがい》に近づきつつある感じともいえた。

霊感《れいかん》を持たない、いいかげんな占《うらな》い師《し》も同様だった。でまかせでもいいから客の気に入りそうなことをしゃべろうとしても、その言葉がのどから出てこないのだ。それは決して、のどの疾患《しっかん》のせいではなかった。ある日時《にちじ》から先については、頭のなかに言葉が浮《う》かんでこないためだった。一方、日常生活《にちじょうせいかつ》の会話には、なんの不自由もなかった。

彼《かれ》らはそれぞれ、ひそかに悩《なや》んだりあわてたりした。そして、たえきれなくなって同業の者に打ちあけ、自分ひとりでないことを知った。それに、予言の限界《げんかい》となっているその日時《にちじ》が、いずれも同一なことも知り、驚《おどろ》き、ふしぎがった。しかし、いずれにせよ、これでは商売がなりたたない。転業しはじめる者がふえていった。団結《だんけつ》して政府《せいふ》に救済《きゅうさい》を求めたところで、とても取り上げてはもらえそうにない。

異変《いへん》はつぎに証券業界《しょうけんぎょうかい》に起った。各社秘蔵《ひぞう》の大きなコンピューター。集めた調査《ちょうさ》資料《しりょう》をそれに入れ、経済界《けいざいかい》の長期予測《ちょうきよそく》に利用していたのだが、動きがいささかおかしくなった。占《うらな》い師《し》たちの場合と同じく、短期のことは答えるのだが、ある日時《にちじ》を境《さかい》に、それより未来のこととなると沈黙《ちんもく》してしまう。精密《せいみつ》な検査《けんさ》がなされたが、どこにも故障《こしょう》は発見できなかった。また、その日時《にちじ》は奇妙《きみょう》なことにみな一致《いっち》しており、ゼロ日時《にちじ》という言葉がささやかれはじめた。

証券業者《しょうけんぎょうしゃ》の幹部《かんぶ》たちは、はじめこれを秘密《ひみつ》にしていた。株価《かぶか》に大混乱《だいこんらん》が起るのではないかと心配したからだ。しかし、この種の秘密《ひみつ》は守られにくい。やがてマスコミにすっぱ抜《ぬ》かれたが、さほどの混乱《こんらん》には至《いた》らなかった。ゼロ日時《にちじ》をめあてに、株《かぶ》を売るべきか買うべきか、だれにも見当がつかなかったのだから。

気象庁《きしょうちょう》のコンピューターも同様だった。ゼロ日時《にちじ》までの予報《よほう》はするのだが、それ以後の長期予報《ちょうきよほう》となると、なんの解答《かいとう》もしないのだ。大がかりな点検《てんけん》によっても、その原因《げんいん》はつかめなかった。ということは、コンピューターが正確《せいかく》なわけであり、ゼロ日時《にちじ》が存在《そんざい》し、近づいてきつつあることがたしかのように思われた。

その他、同じような異変《いへん》は各所ではじまっていた。政治家《せいじか》はゼロ日時《にちじ》を越《こ》えての未来について、なんの発言もしなくなった。いや、できなくなったのだ。そのこととなると、頭がまるで働かない。

スポーツ関係者で、将来《しょうらい》の国際試合《こくさいじあい》の計画を立てようとする者も、ゼロ日時《にちじ》から先のこととなると、まったく考えがまとまらない。

例をあげればきりがない。だれもがこうだったのだ。ちょうど、記憶喪失《きおくそうしつ》を逆《ぎゃく》にしたような状態《じょうたい》だった。記憶喪失《きおくそうしつ》とは、過去《かこ》のある時点にすりガラスの壁《かべ》が立てられ、そのむこうは空白だけが占《し》めているという症状《しょうじょう》のことだ。その反対の形。ゼロ日時《にちじ》から未来については、想像《そうぞう》も予言も、予定も計画も、なにひとつ不可能《ふかのう》となったのだ。それから先は無なのであろうか。

当然のことながら、一種の不安感がみなぎった。だが、恐慌《きょうこう》というほどにはならなかった。世の終りとはっきりしているのなら、したいほうだいのさわぎともなるだろう。しかし、どうなるのかの見当がつかないのだ。

人びとがそろって医師《いし》の診断《しんだん》を待っているのに似《に》ていた。その期間において、人は不安を抱《いだ》きはするが、行動の点ではおとなしいものだ。ほっとして祝杯《しゅくはい》をあげたり、心を入れかえて闘病《とうびょう》にはげんだり、絶望《ぜつぼう》してがっくりしたり、自暴自棄《じぼうじき》になったりというのは、診断《しんだん》が下されてからあとのことなのだ。

強大な軍備《ぐんび》を有する国々も、どう対処《たいしょ》していいかわからず、迷《まよ》っていた。厳重《げんじゅう》をきわめた機密室《きみっしつ》のなかのコンピューターが、ゼロ日時《にちじ》以後のこととなると、白紙のカードしか出さなくなっていた。人をばかにしているようでもあり、ぶきみでもあった。

どの国も緊急措置《きんきゅうそち》で人員を集め、これにかえようとした。だが、役に立つ人間はひとりもいなかった。軍事も外交も、ゼロ日時《にちじ》のかなたに関しては、なんの作戦も立案できなくなったのだ。こうなったら、他国も同様であることを祈《いの》りながら、心から平和を主張《しゅちょう》することだけが唯一《ゆいいつ》の方法だった。

かくして、嵐《あらし》の前の静けさともいえる空気のなかで、ゼロ日時《にちじ》は少しずつ迫《せま》ってきた。あと半年、あと三カ月、あと一カ月、あと十日、あと一日……。

その青年は、彼《かれ》の住居《じゅうきょ》であるアパートの一室で目をさました。そして、のびをしながらつぶやいた。

「やれやれ、きょうが問題のゼロ日時《にちじ》か。しかし、おれも部屋も消えてはいないようだな」

彼《かれ》は三十歳《さい》で、まだ独身《どくしん》。ある会社につとめ、どうということもない平均的《へいきんてき》な日常《にちじょう》をくりかえしてきた男だった。いまだに独身《どくしん》なのは、ずっと母と暮《くら》してきたため、とくに生活の不便を感じなかったからだった。

その母は一年ほど前に死亡《しぼう》していた。青年はそろそろ身を固めようかと思い、しばらく前からひとりの女性《じょせい》と交際《こうさい》をはじめていた。そこまではまあよかったのだが、彼女《かのじょ》は二週間ばかり前に事故《じこ》で死んでしまった。ゼロ日時《にちじ》のことを考えながら道を歩いていたため、走ってくる自動車に気がつかなかったのだ。はねた車の運転手のほうも、やはりゼロ日時《にちじ》のことで注意が散漫《さんまん》になっていたようだ。

このように、ゼロ日時《にちじ》を控《ひか》えた何日かは、世の中はいささかあわただしかった。だれもが身辺を整理し、大なり小なり、いちおうの一区切りをつけておこうとしたからだった。借金を返済《へんさい》する者もあったし、食料や薬品や電池などを買いととのえた者もあった。ちょっと、台風襲来《しゅうらい》にそなえる気分に似《に》ていた。

また、個人《こじん》ばかりでなく、法人も同様だった。貸借《たいしゃく》はなるべく清算し、給料も前払《まえばら》いし、進行中の訴訟《そしょう》もできる限《かぎ》り和解《わかい》した。年末と決算期がいっしょにやってきたようだった。ゼロ日時《にちじ》となって思いがけぬ異変《いへん》が発生した時、その対策《たいさく》と業務《ぎょうむ》との双方《そうほう》にかかりあうのを避《さ》けようとしたのだ。これは民間会社ばかりでなく、官庁《かんちょう》や公共機関も同じだった。

身辺の整理の点では、この青年はまことに簡単《かんたん》だった。肉親はなく、唯一《ゆいいつ》の未練ともいえるガールフレンドも死んでしまった。なにが起ろうと、気軽に対処《たいしょ》できる。食料とタバコとを少しまとめて買い、ライターの掃除《そうじ》をした程度《ていど》だった。

「さて、きょうの天気はどうだろう」

青年は起きあがり、窓《まど》からそとをのぞいた。そとの光景もまた、いつもと変りなく存在《そんざい》していた。彼《かれ》は空をみあげた。ふと、天の一角《いっかく》からなにかが出現《しゅつげん》するのではないかと思ったからだ。

空は秋晴れで、雲はまったくなかった。工場などが操業《そうぎょう》を休んでいるためもあったろう。空気はさわやかで、気温は暑からず寒からず、風は肌《はだ》にこころよかった。あとになってみると、このゼロ日時《にちじ》が世界的に好天《こうてん》だったのが、じつに幸運といえるのだが、この時はだれもそうとは知らなかった。青年もまた、いい天気だなと感じただけだった。

しばらく空を眺《なが》めつづけていたが、空飛ぶ円盤《えんばん》らしきものも、怪物《かいぶつ》も、天使の姿《すがた》もあらわれなかった。数羽《すうわ》の鳥がゆっくりと舞《ま》っているだけだった。

青年は軽く朝食をとり、会社へと出かけた。アパートにいてもすることがないし、いままでの習慣《しゅうかん》で、出勤《しゅっきん》しないではいられなくなる。出勤《しゅっきん》はしたものの、彼《かれ》も同僚《どうりょう》も上役《うわやく》も、からだを持てあました形だった。万一の場合にそなえて仕事がみな一段落《いちだんらく》となっているので、さしあたっての予定がない。また、きょうが終ってみないことには、なにをする気にもなれない。

周囲の雰囲気《ふんいき》はのんびりとしていた。天気がおだやかなせいもあり、ここまできたらじたばたしてもしょうがないとの覚悟《かくご》もついていた。自分ひとりだけ異変《いへん》に巻《ま》き込《こ》まれるのならかなわないが、おそらく全人類がそうなのだとなると、くやしさもわいてこない。

上役《うわやく》まで含《ふく》め、雑談《ざつだん》にふける以外にすることはなかった。だれかが言った。

「こんなのんびりしたことは、入社以来はじめてだな」

「しかし、あしたはどうなるんだろう」

これに答えられる者はいない。あしたのこととなると、だれの頭も働かないのだ。したがって、雑談《ざつだん》の話題は思い出話が主となり、あとは冗談《じょうだん》めいたことだけだった。よそからの電話もあまりかかってこない。かかってきても内容《ないよう》は仕事に関してではなく、雑談《ざつだん》の相手を求める友人からだった。正月の初出勤《はつしゅっきん》の日を連想させる気分があった。

昼食に出かけていったきりの者や、喫茶店《きっさてん》でくつろぐ者や、公園に散歩に出かける者などがあった。用事にかこつけて外出するうまい口実はなかったが、社内でじっとしているのも退屈《たいくつ》なのだ。しかし、上役《うわやく》もべつにとがめなかった。きょう一日だけの特例なのだと黙認《もくにん》した。

だらだらと時がたち、勤務時間《きんむじかん》が終り、みなそれぞれ散っていった。まっすぐ帰宅《きたく》する者もあり、恋人《こいびと》どうし映画館《えいがかん》に入る者もあった。

青年は友人とバーに寄《よ》り、とりとめない雑談《ざつだん》のつづきをやった。バーはいつもより少しこんでいた。きょうが終ってみないと気分が落ち着かず、それをまぎらそうというためだった。そうでなくても、さわやかな秋の夕方は、酒の味が一段《いちだん》と魅力的《みりょくてき》になる。

青年はほどよく酔《よ》い、ほどよいところで帰宅《きたく》して床《とこ》についた。テレビをつけてみたが、きょうはどの局も放送終了《ほうそうしゅうりょう》が早かった。ラジオは音楽だけをやっていた。いつもの時刻《じこく》に天気予報《てんきよほう》を言うかと思ったが、音楽が流れつづけるだけだった。

青年は、きょうは緊張《きんちょう》と解放感《かいほうかん》のまざりあったいい一日だったなと思いながら、眠《ねむ》りについた。これは多くの人がそうだったろうし、なにかが頭にひっかかっている人は、睡眠薬《すいみんやく》を多めに飲んで眠《ねむ》ったことだろう。

つぎの朝。青年は目をさまし、いつものくせで伸《の》びをしながらつぶやいた。

「やれやれ、まだ世の中は終っていないようだな」

そして、窓《まど》のそとをのぞいてみた。世界は存在《そんざい》していたし、秋晴れの空は気持ちよく澄《す》み、異変《いへん》のきざしすらない。ゆっくりと数羽《すうわ》の鳥が舞《ま》って……。

きのうと同じようだな、と青年は思った。それから会社に出動し、また雑談《ざつだん》の一日がはじまった。ゼロ日時《にちじ》が終ったのかどうかがはっきりしない気分で、だれも仕事にとりかかるふんぎりがつかなかったのだ。本当のゼロ日時《にちじ》はきょうなのではないかと思えた。なかには机《つくえ》にむかって仕事をしようとした者もあったが、あしたのこととなると、まるで頭が働かない。席を立って雑談《ざつだん》の仲間に加わることになる。

だれかが雑談《ざつだん》の時にこう言った。

「そういえば、けさ変なことがあったぜ。冷蔵庫《れいぞうこ》をあけたら、きのう食べたはずの果物があった。これさいわいと食べてしまったが、どういうわけだろう」

「きのうはだれもが妙《みょう》な気分だった。そのための錯覚《さっかく》かなんかだろう」

べつな者が口を出した。

「ぼくにも同じようなことがあった。昨夜からにしたはずのタバコ・ケースに、けさになったらタバコがつまっていた」

「考えられないことだがな」

ふしぎといえばふしぎだし、たあいないといえばたあいない話題だった。そんなことで、前日と同じように、ゼロ日時《にちじ》の第二日もすぎていった。

そして、そのつぎの日になると、さすがに人びとも、どこか様子がおかしくなっているのに気がついた。いままでの二日と、あまりにもよく似《に》すぎているではないか。きれいな秋晴れのなかでの、のんびりした一日のくりかえし。それは平穏《へいおん》であるくせに、どことなくぶきみさをひめていた。

すべてが空転しはじめたように感じられた。信じられないようなことだが、どうやら事実らしかった。雑談《ざつだん》の時に、それは確認《かくにん》された。朝おきてみると、冷蔵庫《れいぞうこ》のなかもタバコのケースのなかも、なにもかもゼロ日時《にちじ》第一日目の朝と同様になっている。割《わ》れたので捨《す》てたはずの食器が、朝になったらもと通りの棚《たな》に戻《もど》っていたと話す者もあった。

もっとも、人びとの生活のほうは完全なくりかえしではなかった。第一日目に会社を抜《ぬ》け出《だ》して喫茶店《きっさてん》に行った者が、この日はデパートへ見物にでかけ、そこの食堂へ寄《よ》ったりした。そして、その記憶《きおく》は朝になっても消えることなく残っている。周囲の状態《じょうたい》は反復《はんぷく》するのだが、その力は人間の記憶《きおく》までは及《およ》ばないようだった。

そのつぎの日ぐらいになってくると、事態《じたい》はさらにはっきりしてきた。天文台では、月の欠け方、星座《せいざ》の位置、潮《しお》の満干時《まんかんじ》などが、ゼロ日時《にちじ》以後すこしも変化していないと発表した。気象台では、天候、温度、風向きなどが、毎日正確《せいかく》にくりかえしつづけはじめたと発表した。このままだと、冬も来なければ、春や夏にもならず、いつまでもこの天気のままだろうというのだ。いまの秋の花はこのまま咲《さ》きつづけ、虫は鳴きつづけることになるのだろう。

さらにあとになってわかることだが、人体における老化も進まなくなっていた。テレビのニュースは、これらのことをつぎつぎと報道《ほうどう》した。くりかえしの開始により、ニュースは品切れになるのではないかとの予想に反し、けっこう話のたねは豊富《ほうふ》だった。

なによりも奇妙《きみょう》だったのは、午前零時《れいじ》における変化だ。ゼロ日時《にちじ》のはじめのその時刻《こく》の状態《じょうたい》に戻《もど》るのだ。食べてしまったはずの食品は、こつぜんと冷蔵庫《れいぞうこ》のなかに出現《しゅつげん》し、からになったケースはタバコで一杯《いっぱい》になる。映画《えいが》のフィルムの終りと初めとをくっつけて輪にし、それを映写《えいしゃ》しているようだった。人びとはこの観察《かんさつ》に熱中したが、やがてこれが現実《げんじつ》なのだと知ると、そのうちあきてやめてしまった。

店で販売《はんばい》した商品も、その時刻《じこく》になると、だれも補充《ほじゅう》しないのにそこへ戻《もど》ってくる。すなわち、ある人が店で品物を買ったとする。だが、一日が終ったとたん、品は店に戻《もど》り、金はその人のところへ戻《もど》るのだ。だれもが損《そん》をしないばかりか、食品などの場合、消費しただけとくともいえた。

もちろん、こんな事態《じたい》になれるまでは不便もあったし、変な失敗もたくさんあった。しかし、なれてみると便利なことのほうが多かった。あとしまつに気を使わなくていいし、働かなくても一応《いちおう》の生活が保証《ほしょう》されているわけだった。

人びとはこの現象《げんしょう》の原因《げんいん》について知りたがり、テレビのニュースはそれをとりあげた。アナウンサーは学者にむかって質問《しつもん》をした。

「前例のない現象《げんしょう》がはじまったわけですが、これはどういうことなのでしょう。わたしたちの錯覚《さっかく》で、そう思えているのでしょうか」

学者は口ごもりながら答えた。

「いままでの報告《ほうこく》によると、全世界の人がこの現象《げんしょう》に巻《ま》きこまれており、ひとりの例外もないようです。ということは、決して錯覚《さっかく》や幻覚《げんかく》ではありません」

「早くいえば、現実《げんじつ》ということですね」

「明らかに現実《げんじつ》そのものです」

「その原因《げんいん》はなんなのでしょうか。二十四時間ごとに、あたりの物がふり出しに戻《もど》ってしまうというのは」

「その点なのですが、まだ断定《だんてい》はできませんが、宇宙《うちゅう》を構成《こうせい》している因子《いんし》の一つに、ある変化が発生したためと思われます」

「そこのところを、もう少しくわしく、わかりやすくご説明下さい」

「つまりですね、現在《げんざい》までずっとスムースだった時間の流れが、渦動《かどう》に巻《ま》きこまれ、反復《はんぷく》しはじめたというところでしょう。わかりやすくたとえれば、レコードです。ミゾに傷《きず》がついたために、同じメロディーがくりかえされつづけているのに似《に》ていましょう。まあ、いまのところは、この程度《ていど》でかんべんして下さい……」

よく考えると、いっこうに解説《かいせつ》になっていなかった。事態《じたい》を意味ありげな形に言いかえているだけにすぎなかった。

もっとも、ひっぱり出された学者のほうも、内心では持てあましていた。問題が大きすぎ、異様《いよう》すぎた。文献《ぶんけん》にも出ていないし、解明《かいめい》しようにも矛盾《むじゅん》が多すぎた。たしかに、時間の渦動《かどう》と呼《よ》ぶことはできそうだ。しかし、物品のたぐいは二十四時間ごとにもとに戻《もど》るのに、なぜ人間の記憶《きおく》は連続しているのだろう。二十四時間ごとにすべてを忘《わす》れてふり出しに戻《もど》るのなら理屈《りくつ》にあうのだが、この現象《げんしょう》がはじまってからのことを、ずっと思い出すことができる。この点に関してだけは、科学者としてふしぎでならなかった。

このように学者の話はあやふやだったが、人びとはわかったような気分になり、なんとなくなっとくした。理論《りろん》ではこうあるべきだと主張《しゅちょう》してみたところで、現実《げんじつ》の前にはどうしようもない。それに、なによりもまず、人体や生活に有害ではないらしいと判明《はんめい》したし、いい気候のなかでのんびりできるのだ。

ゼロ日時《にちじ》という二十四時間のなかに、世界じゅうの人が、やわらかくすっぽり包みこまれたようだった。すべての人がメリー・ゴーラウンドに乗《の》り込《こ》み、二十四時間の周期でまわりつづけているようでもあった。

しかし、これはただの空転ではなく、予想もしなかった方角にむけてころがりはじめていたのだった。

青年は毎日、会社へと出勤《しゅっきん》した。べつに出かけなくてもいいのだが、家にいても退《たい》屈《くつ》だ。ほかの者も同じで、雑談《ざつだん》をしながら退社時間《たいしゃじかん》までいた。身についてしまったいささか悲しい習慣《しゅうかん》でもあった。また、あまり欠勤《けっきん》すると、この現象《げんしょう》が終った時、ぐあいの悪い立場になるのではないかとの心配もあった。もっとも、申し合せて、週休なるものを作りあげた。

この現象《げんしょう》の当分のあいだつづくことを、内心で願っている者が多かった。いままで、あまりにもあくせくしすぎた。この際《さい》、のんびりと頭を休め、自己反省《じこはんせい》をするのはいいことだ。将来《しょうらい》のことには少しも頭が働かないが、過去《かこ》を回想することはできた。

もし、この現象《げんしょう》が永久《えいきゅう》につづくとなると、やがては恐《おそ》るべき退屈《たいくつ》にとりつかれるかもしれないとも思われた。これといった変化もなく、一日一日がくりかえされてゆく。

回想の池をさらいつくしたら、なにをやって時をつぶしたらいいのだろう。

しかし、現象《げんしょう》は退屈《たいくつ》のほうにむかって進んではいなかったのだ。

ゼロ日時《にちじ》になってから二週間ほどし、青年は自分の目を疑《うたが》うような事件《じけん》にぶつかった。朝、目をさましてしばらくすると、ノックの音がする。ドアをあけた彼《かれ》は、思わず叫《さけ》び声《ごえ》をあげた。

「あ、きみは……」

「ええ、あたしよ」

そこには、事故死《じこし》したはずの、かつてのガールフレンドが立っていた。

「どういうことなんだ。きみは自動車にぶつかって事故死《じこし》したはずだ……」

「そうなんですってね。さっき、うちへ帰って両親をすっかり驚《おどろ》かせちゃったわ。それから、世の中に起っていることの、だいたいの説明を聞かせてもらったわ。なにがどうなっているのか、あたしにもわからないけど、この通り生きていることはたしかよ。べつにからだに傷《きず》もついていないわ」

その日、青年は出勤《しゅっきん》をやめ、彼女《かのじょ》とつきぬ話をかわした。青年は別れてからの出来事《できごと》を話した。いっぽう、彼女《かのじょ》のほうには、話すべき別れてからの記憶《きおく》はまったくなかった。要するに、気がついてみたらこの世にいたということらしい。

青年は彼女《かのじょ》を抱《だ》きしめ、おそるおそるキスをした。これは愛情《あいじょう》からというより、確認《かくにん》したい感情《かんじょう》からだった。そして、長い時間かかって、彼女《かのじょ》の生存《せいぞん》が事実であることをたしかめ、やっと信じた。なぜこうなったのか理解《りかい》はできなかったが、信じないわけにはいかなかった。

最初のうちは妙《みょう》な気分だったが、二人はデイトを重ねるうちに、しだいになれていった。

この現象《げんしょう》は彼女《かのじょ》だけに限《かぎ》らず、しばらく前から発生していた。ゼロ日時《にちじ》になる前日に死んだ者は、ゼロ日時《にちじ》の第二日目にはすでに出現《しゅつげん》していたのだった。前々日に死んだ者は、第三日目といったぐあいだった。しかし、あまりのことに確認《かくにん》にてまどり、ニュースとして報道《ほうどう》されるのがおくれていたのだ。

テレビでは人びとの要求に応《おう》じ、アナウンサーはまたも学者への質問《しつもん》を試みた。

「こうなってくると、時間の渦《うず》だけでは説明しきれないのではないでしょうか。レコードのからまわりといった、簡単《かんたん》なことではないようですが……」

「いや、渦《うず》はたしかに渦《うず》なのですが、固定した渦《うず》ではなかったようです。時の壁《かべ》にぶつかり、過去《かこ》にむかってはねかえされたといった形の……」

学者はポケットからヨーヨーを出し、それをたらした。糸が伸《の》びきると、ヨーヨーは回転をつづけながら逆《ぎゃく》にのぼってくる。このようなものだと言いたげな表情《ひょうじょう》だった。

しかし、アナウンサーはいじの悪い、いや、最も大きな疑問《ぎもん》にふれた。

「ふしぎでならないのは、生きかえって出現《しゅつげん》してくるのが人間に限《かぎ》られていることです。これはなぜなのでしょう」

「時間にそのような特性《とくせい》があるからでしょう。時間が過去《かこ》にむかって空転しながら、人間だけを回収《かいしゅう》している形です。海中で網《あみ》を移動《いどう》させると、魚だけがひっかかるのに似《に》ていますね。あるいは、時間の空転が過去《かこ》の人間をたぐり寄《よ》せているともいえましょう。この調子だと、やがてはもっと昔の人まで、この世に出現《しゅつげん》してくるかもしれませんね」

「なぜそうなるのですか」

「わたしに言えるのはこれぐらいだけです。しかし、時間にこんな特性《とくせい》があるとは、わたしもはじめて知りました……」

またしても、要領《ようりょう》をえない解説《かいせつ》だった。だが、そんなことにおかまいなく、この現《げん》象《しょう》はつづくのだった。一カ月たつと、ゼロ日時《にちじ》のひと月前に死んだ者が出現《しゅつげん》する。どこからともなくあらわれ、この世の生活に加わるのだった。

もっとも、その出現《しゅつげん》の日が少しおくれることはあった。病気で死んだ者は、病気になる前のからだで出現《しゅつげん》する。これまた理由のわからない、理論《りろん》にあわない点だった。しかし、結果としてはありがたいことといえた。あたりが重病の患者《かんじゃ》だらけになったら、みなの頭がおかしくなってしまう。

出現《しゅつげん》した者たちは、世の中の事態《じたい》になれると、だれもが同じことを気にしはじめた。

自分の墓《はか》をながめ、そのなかがどうなっているのかについて、恐《おそ》れと好奇心《こうきしん》とを抱《いだ》く。実行をためらう者が大部分だったが、たまらなくなってそれを試みた者があらわれた。制止《せいし》を振《ふ》り切《き》り、自分の墓《はか》を掘《ほ》りかえしてみたのだ。しかし、なかはからっぽだった。みなはなにかしらほっとした。何人かがそれをやってみたが、どれも同じことだった。そして、それからはだれもやってみようとはしなくなった。

二十四時間の空転がつづき、死者がつぎつぎとこの世にあらわれる。ゼロ日時《にちじ》以前には、想像《そうぞう》することすらできなかった現象《げんしょう》だ。しかし、人びとはそれを受け入れ、それになれていった。もっとも、いやだといっても防《ふせ》ぎようのないことなのだ。

食料の点はそう問題なかった。各家庭には数日分の食料のたくわえがあった。ということは、現人口《げんじんこう》の数倍までは大丈夫《だいじょうぶ》といえた。さらに商店には在庫《ざいこ》があり、いくら消費しても二十四時間たつと、そこに戻《もど》るのだ。また、食べないから飢《う》え死《じ》にするということもなかった。

やっかいなのは住宅問題《じゅうたくもんだい》のほうだった。場所をやりくりして、あらわれてきた肉親を収容《しゅうよう》しなければならない。青年も一年たつと母親を同居《どうきょ》させなければならなかった。しかし、なんとかなっていた。気候はよく、夜もあまり寒くない。その気になればどこででも眠《ねむ》れた。また、眠《ねむ》らなかったとしても、変な場所で眠《ねむ》っても、そのために病気になった者はなかった。

異変《いへん》がはじまって以来、すべてに共通していえることは、人間の生存《せいぞん》を保証《ほしょう》するとの点についてだけだった。その理由がどこにあるのかはわからなかったが。

各所における雑談《ざつだん》は依然《いぜん》としてつづいていた。雑談《ざつだん》のグループもふえ、グループの人員もふえていった。この世にもどってきた死者たちが、それに加わるからだった。そのうち、そのとりとめのなさのなかに、ひとつの流れが生じた。

その流れとは、過去《かこ》についての正確《せいかく》な検討《けんとう》だった。未来へむかっての新しい変化がなにも起せない環境《かんきょう》のなかだ。たあいない雑談《ざつだん》のたねがつきると、人びとはそれに取りかからなければ、ほかにすることがなかった。

自己《じこ》に関して他人が抱《いだ》いているかもしれない誤解《ごかい》。それをほぐし、正しいものに訂正《ていせい》しようとしはじめた。同時に、他人のそれも手伝わなければならなかった。ここに、目的と呼《よ》ぶべきか、生きがいと呼《よ》ぶべきか、みなに共通したものがうまれたのだ。

もはや、雑談《ざつだん》というより議論《ぎろん》と称《しょう》すべきだった。いかにこみいって漠然《ばくぜん》としていても、はてしない時間のなかで論《ろん》じつづけられれば、いつかは真実が浮《う》かびあがってくる。ごまかし通せるものではなかった。

ゼロ日時《にちじ》になる以前なら、つごうの悪いことは、あわただしい日常《にちじょう》のどさくさのなかに消し散らすことができた。また、過去《かこ》の死者に責任《せきにん》をおわせて、いいかげんに片《かた》づけてしまうこともできた。しかし、もはやそうもいかない。待ちさえすれば生き証《しょう》人が出現《しゅつげん》してくるのだ。

なっとくする結論《けつろん》に至《いた》った者は、他人どうしの議論《ぎろん》に首をつっこみ、知恵《ちえ》を貸《か》し、陪審員《ばいしんいん》のような役目をも引き受ける。テレビやラジオはその進行をうながし、連絡《れんらく》をはかり、また問題をさらに広めることに努めた。ほかにすることもないのだ。

この世にもどった死者たちも、また議論《ぎろん》をはじめた。なんらかのいわれなき汚名《おめい》を残して死んだ者は、それを知るとともに、当然のことだが訂正《ていせい》にとりかかる。名誉《めいよ》と信用の回復《かいふく》のために、裁判《さいばん》の完全なやりなおしを求める形だった。そして、それに成功する者もあり、やはり失敗する者もある。一時的にごまかし二転三転したとしても、たどりつくのは真実だけであり、それは動かしようがないからだ。

戦いで死んだ者は、この世にもどると、自己《じこ》をそこに追いこんだ者の追究《ついきゅう》にとりかかる。戦争について、だれがどの程度《ていど》に悪かったか、だれがどの程度《ていど》に悪くなかったかをきめるのは、複雑《ふくざつ》をきわめた大仕事だった。しかし、すべての人が生活にわずらわされることなく、時間をたっぷりとって熱中し、とりくんだ作業だ。

必要な参考人や証人《しょうにん》は、つぎつぎにあらわれてくる。ごまかしつづけることは不可《ふか》能《のう》なのだ。暗殺された大統領《だいとうりょう》も、ひどい最期《さいご》をとげた独裁者《どくさいしゃ》も、栄光につつまれて死んだ将軍《しょうぐん》も、協定の裏話《うらばなし》を胸《むね》にひめて死んだ外交官も、秘密情報《ひみつじょうほう》をにぎったまま闇《やみ》へ葬《ほうむ》られたスパイたちも、有名人も無名な人も……。

人生と歴史の正確《せいかく》な再検討《さいけんとう》であり、それはどんな個人《こじん》にも及《およ》び、真相はさらに完全なものとなってゆく。

テレビやラジオはこれを中継《ちゅうけい》し、にぎやかなものとなった。面白《おもしろ》く活気をおびたものとなった。いや、面白《おもしろ》いとか活気とかいうよりも、真剣《しんけん》で狂気《きょうき》をはらんだと呼《よ》ぶべきものとなっていった。議論《ぎろん》に参加する者も、聞くだけの者も……。

なにもかも、好むと好まざるとにかかわらず、虚偽《きょぎ》が消え、真実があらわれてしまうのだ。

青年はある日、ガールフレンドとのデイトの時、ふとこんなことを言った。

「だれもかれも議論《ぎろん》に熱狂《ねっきょう》している。なにかにとりつかれでもしたようだ。ほかにすることがないとはいうものの、なにも、ああまで目の色を変えなくてもよさそうなものだが」

「でも、仕方ないじゃないの。みんな、ああいうことをやりたいんだから」

「しかし、ふしぎだな。好きでというより、不安にかられているような、妙《みょう》に深刻《しんこく》なものが感じられてならない。全世界が法廷《ほうてい》になってしまったようだ。これについて聞いてみたことがあったが、だれも答えてくれない。気になってならないんだ」

「口にしたくないからなんでしょうね」

彼女《かのじょ》の口調には、なにか事情《じじょう》を知っているような響《ひび》きがあった。青年は話題を変え、それとなく聞き出そうとした。

「いつになったら、この議論《ぎろん》さわぎは終るんだろうな」

「あと一千九百と何十年かよ」

「なんだって。そんなにつづくのか。驚《おどろ》いたな。驚《おどろ》くのはもうひとつ、いやにはっきり言うじゃないか。そんなことは発表されていないぜ」

「気がつかない人にわざわざ教え、こわがらせてはいけないからでしょうね。それとも、説明するまでもないことだからかしら」

青年はたまらなくなって聞く。

「ぼくは知らないぞ。たのむから、知っているのなら教えてくれよ」

「わからないかしら。毎日のはてしない議論《ぎろん》で、真実がより正確《せいかく》になりつつあるじゃないの。法廷《ほうてい》の審理《しんり》は軌道《きどう》に乗っているのよ。いずれは、各人についてのすべての結論《けつろん》が出そろってしまう。あのかたは、ただ判決《はんけつ》を下しさえすればいいわけでしょう」

「だれのことなんだい、それは」

「本で読んだことなかったの。ふたたび地上によみがえって、全人類の審判《しんぱん》をする人のことを。最後の審判《しんぱん》をなさるイエス・キリストという名の……」

編者解説《へんじゃかいせつ》

日下三蔵《くさかさんぞう》

このアンソロジー（テーマ別の短篇集《たんぺんしゅう》）は、小学校高学年から大学生くらいまでの若《わか》い読者に、日本ＳＦの名作短篇《たんぺん》をご紹介《しょうかい》する目的で編《あ》んだものです。といっても、最初からジュニア向けに書かれた作品ではなく、おとなの読者を対象にした短篇《たんぺん》がほとんどですから、ＳＦに興味《きょうみ》がある人、これからＳＦを読んでみたいと思っている方なら、どなたでも楽しんでいただけるものと思います。

いま「ＳＦ」と書きましたが、そもそもＳＦって何でしょう？　辞書を引くと「サイエンス・フィクションの略語《りゃくご》」「科学小説」と説明されています。架空《かくう》の科学技術《ぎじゅつ》が登場することが多いため、「空想科学小説」と呼《よ》ばれることもあります。

ＳＦという言葉の起源《きげん》がサイエンス・フィクションであることは間違《まちが》いないのですが、

さまざまな作家がさまざまな作品を生み出した結果、どこまでをSFと捉《とら》えるかは、人によって大きく異《こと》なるようになり、現在《げんざい》ではSFという言葉の意味をひとことで言い表すのは難《むずか》しくなっていきます。極端《きょくたん》な話、「SFの定義《ていぎ》は読者の数だけある」と言われているくらいです。つまり、ひとりひとりがSFと呼《よ》ばれる作品を読み進めていくうちに、だんだんと自分なりの「SF観」が形成されていく訳《わけ》で、無理に他の人と考え方を合わせる必要はないのです。

もちろん、ぼくにもぼくのSF観はありますが、それを皆《みな》さんに押《お》し付《つ》けるつもりはありません。だから、ここでは、なるべく客観的に、SFというジャンルの歴史だけを辿《たど》ってみることにしましょう。

SFの定義《ていぎ》として、もっとも多くの人に同意してもらえるのは、「現在《げんざい》の物理や科学の常識《じょうしき》では説明できない現象《げんしょう》、出来事を描《えが》いた物語」というものでしょう。遠い未来の話だったり、人間と変わらない性能《せいのう》のロボットが出てきたり、別の惑星《わくせい》で宇宙《うちゅう》人《じん》と出会ったりするような作品は、だいたいSFと言っていいと思います。例えば、転校生が実は石油王の息子《むすこ》で、ヒロインと恋《こい》に落ちる、という恋愛《れんあい》小説があったとして、本当にそういう事が起こる可能性《かのうせい》は限《かぎ》りなく0％に近くても、「物理的・科学的にありえない」訳《わけ》ではないから、これはSFとは呼《よ》べないのです。

現実《げんじつ》にはありえない空想の物語、ということならば、SF以前にファンタジー（幻想《げんそう》小説）という分野がありました。こちらは遡《さかのぼ》れば世界各地に残る神話や各種のおとぎ話にルーツがあり、日本でも平安時代に「竹取物語」が生まれています。「かぐや姫《ひめ》」として皆《みな》さんがご存知《ぞんじ》のお話で、これを日本SFの原点としている人もいます。

現在《げんざい》でもファンタジーはSFと兄弟のような関係にありますが、有史以来、ずっと「空想の物語」を楽しんできた人類が、ファンタジーに科学の要素《ようそ》を加えて作り上げた変種がSFと言えるかも知れません。

『海底二万里』『八十日間世界一周』『十五少年漂流記《ひょうりゅうき》』などで知られるフランスの作家ジュール・ヴェルヌと、『タイム・マシン』『透明人間《とうめいにんげん》』『宇宙戦争《うちゅうせんそう》』などを書いたイギリスの作家H・G・ウエルズの二人が、SFの元祖《がんそ》と言われています。彼《かれ》らが活躍《かつやく》したのは十九世紀後半で、日本で言えば明治時代初期に当たります。時系列《じけいれつ》を分かりやすくするために、ちょっと年表を作ってみましょう。

一八六八（明治元）年　明治維新《めいじいしん》

一九一二（大正元）年　明治天皇崩御《てんのうほうぎょ》、大正《たいしょう》に改元《かいげん》

一九一四（大正3）年　第一次世界大戦

一九二六（昭和元）年　大正天皇崩御《てんのうほうぎょ》、昭和《しょうわ》に改元《かいげん》

一九三九（昭和14）年　第二次世界大戦

一九四五（昭和20）年　終戦

一九六四（昭和39）年　東京オリンピック

一九七〇（昭和45）年　大阪万博《おおさかばんぱく》

一九八九（平成元）年　昭和天皇崩御《てんのうほうぎょ》、平成《へいせい》に改元

ヴェルヌやウエルズの作品は、明治時代の中ごろから早くも黒岩涙香《くろいわるいこう》らによって翻案《ほんあん》（舞台《ぶたい》を日本に移《うつ》し替《か》えた翻訳《ほんやく》）されています。また、押川春浪《おしかわしゅんろう》のSF冒険《ぼうけん》小説『海底軍艦《かいていぐんかん》』シリーズは、当時の少年読者たちを熱狂《ねっきょう》させました。

大正時代に江戸川乱歩《えどがわらんぽ》や横溝正史《よこみぞせいし》が登場して、日本人作家による探偵《たんてい》小説（現在《げんざい》の推理《すいり》小説）が人気を博しますが、まだSFはジャンルとして独立《どくりつ》するほどの書き手がおらず、

探偵小説《たんていしょうせつ》の一種「科学小説」として扱《あつか》われていました。昭和初期にデビューして『蠅男《はえおとこ》』『太平洋魔城《たいへいようまじょう》』『火星兵団《かせいへいだん》』などのSFミステリ、SF冒険《ぼうけん》小説を書いた海野十三《うんのじゅうざ》は「日本SFの父」と呼《よ》ばれていますが、念願だったSFの隆盛《りゅうせい》を見ることなく、昭和24年に亡《な》くなっています。

戦後に登場した作家では、映画《えいが》「ゴジラ」（昭和29年）の原作者として知られる香山滋《かやましげる》もSFを書きましたが、後に続く作家はなかなか出ませんでした。昭和二十年代に出た翻《ほん》訳《やく》SFのシリーズが、どれも売れ行き的には失敗し、日本にはSFは根付かない、と言われたりもしました。

この状況《じょうきょう》が変わったのは昭和32年でした。柴野拓美《しばのたくみ》が中心となって同人誌《どうじんし》「宇宙塵《うちゅうじん》」が発行され、そこに載《の》った「セキストラ」という作品が、江戸川乱歩《えどがわらんぽ》の編集《へんしゅう》する探偵小《たんていしょう》説誌《せつし》「宝石《ほうせき》」に転載《てんさい》されたのです。作者は星新一《ほししんいち》。後に「ショートショートの神様」と呼《よ》ばれることになる作家の、これがデビューでした。

ぼくはこの年に、日本におけるSFは、ひとつのジャンルとして独立《どくりつ》したのではないかと思っています。

昭和34年12月、早川書房《はやかわしょぼう》からSF専門誌《せんもんし》「SFマガジン」が創刊《そうかん》されます。最初のうちは翻訳《ほんやく》SFが中心でしたが、すぐに新人募集《ぼしゅう》のコンテストを行い、昭和36年から「宇宙塵《うちゅうじん》」のメンバーたちも、次々と作家デビューを果たしていきます。登場順に、眉村卓《まゆむらたく》、光瀬龍《みつせりゅう》、平井和正《ひらいかずまさ》、小松左京《こまつさきょう》、半村良《はんむらりょう》、豊田有恒《とよたありつね》といった人々が昭和38年までにデビューしています。昭和35年に家族で出したSF同人誌《どうじんし》「NULL《ヌル》」から、やはり作品が乱歩《らんぽ》の「宝石《ほうせき》」に転載《てんさい》されてデビューしていた筒井康隆《つついやすたか》を加えて、この人たちは「日本SF第一世代」と呼《よ》ばれています。彼《かれ》らは新興《しんこう》ジャンルSFに賭《か》けて、文学の新しい可能性《かのうせい》を切り拓《ひら》いたパイオニアでした。

日本のミステリが大正時代に本格的《ほんかくてき》に始まって、約百年の歴史を持っているのに対して、SFはスタートしておよそ六十年ですから、小説のジャンルとしてはまだ若《わか》い部類に入ります。とはいえ、昭和後期の三十年と平成になってからの三十年で、数多くの作品が生み出され、現在《げんざい》も多くの作家が活躍《かつやく》しています。このアンソロジー「SFショートストーリー傑作《けっさく》セレクション」では、主に昭和の時代に発表された名作を、テーマ別にご紹介《しょうかい》していきます。気になる作品があったら、ぜひその人の短篇集《たんぺんしゅう》にも手を伸《の》ばしてみてください。アンソロジーはお気に入りの作家を見つけるための出会いの場でもあるのです。

この巻《かん》には「時間」をテーマにした作品を集めてみました。時間は過去《かこ》から未来へと誰《だれ》にとっても同じ速度で流れており、ぼくたちは（普通《ふつう》は）それを飛《と》び越《こ》えることは出来ません。その不可能《ふかのう》が、もし可能《かのう》になったら？　と想像《そうぞう》するのが、SFの醍醐味《だいごみ》です。

ウエルズの発明した「タイムマシン」というアイデアは、続く作家たちにも盛《さか》んに使われて、ひとつのパターンになりました。タイムマシンで過去《かこ》に戻《もど》って自分の親を殺したらどうなるか、という疑問《ぎもん》は「タイム・パラドックス」と呼《よ》ばれ、時間SFには欠かせない要素《ようそ》になっています。過去《かこ》や未来に行って犯罪《はんざい》を犯《おか》す悪人がいたらどうなるか、というアイデアからは、それを取《と》り締《し》まる「タイムパトロール」という設定《せってい》が生まれ、多くの作家がそれに則《のっと》った物語を書いています。

おそらく現代《げんだい》の日本でもっとも有名なタイムマシンは、ドラえもんの机《つくえ》の引き出しにつながっているあれでしょう。この本の読者は、平成生まれの人が多いと思いますが、「ドラえもん」は昭和54年からずっと途切《とぎ》れずにテレビアニメが放映《ほうえい》されているので、誰《だれ》もが子供《こども》の頃《ころ》に一度は見たことがあるはずです。

「ドラえもん」の作者の藤子《ふじこ》・F・不二雄《ふじお》はたいへんなSFの名手で、「ミノタウロスの皿」や「カンビュセスの籤《くじ》」といったマンガ史上に残る傑作短篇《けっさくたんぺん》をいくつも描《か》いています。というか、毎回、未来のひみつ道具が出て来て意外なオチが付く「ドラえもん」自体が、SFマンガとして、たいへん良質《りょうしつ》なシリーズと言えるでしょう。藤子《ふじこ》・F・不二雄《ふじお》は「SF」を「すこし・ふしぎ」の略《りゃく》と定義《ていぎ》しています。そういえば藤子《ふじこ》・F・不二雄《ふじお》には、タイムパトロールに任命《にんめい》された少年が、さまざまな時代や国で活躍《かつやく》する「T・Pぼん」という時間SFのシリーズもありました。

この本に収録《しゅうろく》した六本の短篇《たんぺん》の中では、装置《そうち》としてのタイムマシンが出てくるものは二つしかないので、むしろ少数派《しょうすうは》です。SF作家たちは、さまざまな工夫《くふう》を凝《こ》らして、時間の壁《かべ》を超《こ》えようとしているのです。どんなアイデアが用いられているのかにも注目しながら、この六つのお話を楽しんでいただきたいと思っています。

小松左京《こまつさきょう》「御先祖様万歳《ごせんぞさまばんざい》」は毎日新聞社の小説誌《しょうせつし》「別冊《べっさつ》サンデー毎日」の昭和38年10月号に発表されました。

田舎《いなか》の山の中で江戸《えど》時代とつながっている洞窟《どうくつ》が発見されて、そこから巻《ま》き起《お》こる騒動《そうどう》をユーモラスに描《えが》いた作品です。昭和38年の作品なので、作中では昭和43年が五年後ということになっています。

装置《そうち》ではなく、別の時間軸《じく》に移動《いどう》できる通路は「タイムトンネル」と呼《よ》ばれていますが、アメリカで「タイムトンネル」というタイトルのSFドラマが作られるのが昭和41年、日本でそれが放映《ほうえい》されたのが昭和42年ですから、小松左京《こまつさきょう》の着想がいかに早かったか分かります。

まだSFというジャンルが一般《いっぱん》読者に知られていなかったことと、小松左京《こまつさきょう》の語り口があまりにも自然だったことで、発表当時、この小説を「本当にあった事件《じけん》」だと思ってしまった読者もいたそうです。「別冊《べっさつ》サンデー毎日」の編集長《へんしゅうちょう》だった評論家《ひょうろんか》の石川喬司《いしかわたかし》は、小松《こまつ》さんの短篇集《たんぺんしゅう》『影《かげ》が重なる時』（ハヤカワ・SF・シリーズ）の解説《かいせつ》で、こう書いています。

雑誌《ざっし》が発売されたとたんに、読者から「あれはどこであった話なのか？」という問い合わせがいくつも舞《ま》い込《こ》んできた。これは冗談《じょうだん》ではない。その証拠《しょうこ》に、ぼくはその問い合わせの手紙の一通を、日本SF史のための貴重《きちょう》な資料《しりょう》としていまも大切に保存《ほぞん》している。維新前夜《いしんぜんや》の百年前の日本と現代《げんだい》とを結ぶ洞穴《ほらあな》の実在《じつざい》を、かくもたやすく信じこませてしまった小松《こまつ》の才能《さいのう》は、見事というほかないだろう。

初期の小松短篇《こまつたんぺん》には、宇宙《うちゅう》ものと並《なら》んで時間テーマの傑作《けっさく》が多く、ぼくもハルキ文庫で小松《こまつ》さんの時間SFだけを集めた『時の顔』という短篇集《たんぺんしゅう》を作ったことがあります。残念ながら現在《げんざい》は絶版《ぜっぱん》ですが、古本屋さんや図書館などで探《さが》して、ぜひ読んで欲《ほ》しい一冊《さつ》です。

面白《おもしろ》いですよ。

筒井康隆《つついやすたか》「時越半四郎《ときごえはんしろう》」は話の特集の月刊誌《げっかんし》「話の特集」の昭和41年11月号に発表されました。

江戸《えど》時代と思われる過去《かこ》が舞台《ぶたい》の作品です。この時代の人間としては、異様《いよう》に合理的な考え方の持ち主である青年・半四郎《はんしろう》の正体とは？　真相が徐々《じょじょ》に明らかになっていく中盤《ちゅうばん》のサスペンスからショッキングな結末、そして種明かしに当たる意外なエピローグまで、もたついたところが一切《いっさい》ないのが流石《さすが》です。

昭和40年から41年にかけて、筒井《つつい》さんは少年SFの古典的名作「時をかける少女」を発表しています。何度も映画化《えいがか》・ドラマ化されていますから、題名をご存知《ぞんじ》の方も多いでしょう。昭和47年に「時をかける少女」がNHKで初めてドラマ化された時のタイトルが「タイムトラベラー」でしたが、この作品に登場した時間跳躍《タイム・リープ》というアイデアを時代小説と組み合わせたところが、「時越半四郎《ときごえはんしろう》」のミソと言えるでしょう。

筒井康隆《つついやすたか》のタイムマシンものには、「笑うな」（新潮《しんちょう》文庫『笑うな』所収《しょしゅう》）、「逆流《ぎゃくりゅう》」（徳《とく》間《ま》文庫『怪物《かいぶつ》たちの夜』所収《しょしゅう》）、「タイム・マシン」（出版芸術社《しゅっぱんげいじゅつしゃ》『筒井康隆《つついやすたか》コレクション3　欠陥大百科《けっかんだいひゃっか》』所収《しょしゅう》）などがあります。


平井和正《ひらいかずまさ》「人の心はタイムマシン」は初出不明。学習研究社の学習誌《がくしゅうし》「高1コース」の昭和43年2月号に発表された「永遠《えいえん》の微笑《びしょう》」を改題したものと思われます。

平井和正《ひらいかずまさ》は全20巻《かん》の『幻魔大戦《げんまたいせん》』、全15巻《かん》の『真幻魔大戦《しんげんまたいせん》』、全13巻《かん》の『地球樹《ちきゅうじゅ》の女神《めがみ》』などの大河《たいが》シリーズで知られていますが、それ以前には、黒人のサイボーグ捜査官《そうさかん》が活躍《かつやく》するSFハードボイルド『サイボーグ・ブルース』や人間に寄生《きせい》する宇宙《うちゅう》生命体ゾンビーを狩《か》るための組織《そしき》にスカウトされた青年の過酷《かこく》な戦いを描《えが》いた『死霊狩《ゾンビー・ハンター》り』などのアクションものを得意としていました。

　ですから、この作品のようなロマンチックな小説は異色作《いしょくさく》なのですが、狼男《おおかみおとこ》の少年・犬神明《いぬがみあきら》の孤独《こどく》な魂《たましい》を描《えが》いた傑作《けっさく》『狼《おおかみ》の紋章《エンブレム》』『狼《おおかみ》の怨歌《レクイエム》』などを読めば分かるように、平《ひら》井《い》和正《かずまさ》の本質《ほんしつ》は、大変なロマンチストであるのです。

広瀬正《ひろせただし》「タイムマシンはつきるとも」はＳＦ同人誌《どうじんし》「宇宙塵《うちゅうじん》」の67号（昭和38年5月）に発表されました。

第一世代作家の中で、もっとも時間テーマを得意としたのが広瀬正《ひろせただし》です。「もの」「タイム・セッション」「タイムメール」「ザ・タイムマシン」など短篇《たんぺん》作品の多くが時間ＳＦで、唯一《ゆいいつ》の短篇集《たんぺんしゅう》のタイトルも『タイムマシンのつくり方』でした。日本ＳＦベスト級の長篇《ちょうへん》『マイナス・ゼロ』は、時間ＳＦの最高峰《さいこうほう》とも言われています。タイムマシンを盗《ぬす》んだことで時間の環《わ》が完成してしまうこの作品も、実に著者《ちょしゃ》らしい傑作《けっさく》です。

昭和47年に心臓発作《しんぞうほっさ》で急逝《きゅうせい》してしまったため、作品の数はそれほど多くありませんが、そのほとんどが『広瀬正《ひろせただし》・小説全集』（全6巻《かん》）にまとめられて、現在《げんざい》は集英社文庫で読むことが出来ます。

梶尾真治《かじおしんじ》「美亜《みあ》へ贈《おく》る真珠《しんじゅ》」はSF同人誌《どうじんし》「宇宙塵《うちゅうじん》」の148号（昭和45年10月）に発表され、早川書房《はやかわしょぼう》の月刊誌《げっかんし》「SFマガジン」に転載《てんさい》されました。

「短篇《たんぺん》の名手」として名高い梶尾真治《かじおしんじ》のデビュー作です。SFならではの設定《せってい》を活《い》かした詩情《しじょう》あふれる作品から、破壊的《はかいてき》なドタバタものまで、その作品は非常《ひじょう》に幅広《はばひろ》いのですが、この「美亜《みあ》へ贈《おく》る真珠《しんじゅ》」は「百光年ハネムーン」「ムーンライト・ラブコール」などと並《なら》ぶロマンチック路線の代表作と言えるでしょう。

わずかな間だけ過去《かこ》に行けるが帰りは遠い未来に戻《もど》ってしまう不完全なタイムマシン「クロノス・ジョウンター」が生み出すドラマを描《えが》いた『クロノス・ジョウンターの伝説』シリーズや、長篇《ちょうへん》『未来《あした》のおもいで』『つばき、時跳《ときと》び』『杏奈《あんな》は春待岬《はるまちみさき》に』『デイ・トリッパー』など、時空を超《こ》えたラブロマンスを書かせたら、梶尾真治《かじおしんじ》の右に出るものはいない、と言っても決して過言《かごん》ではありません。

生命が生まれてからのすべての記憶《きおく》を持つ少女エマノンの旅を描《えが》いた『おもいでエマノン』以降《いこう》のシリーズも、時間テーマの変形と見ることが出来ます。そうした資質《ししつ》のすべてが、このデビュー作に早くも現《あらわ》れているのです。

星新一《ほししんいち》「時《とき》の渦《うず》」は新潮社《しんちょうしゃ》の小説誌《しょうせつし》「別冊小説新潮《べっさつしょうせつしんちょう》」の昭和41年秋号（10月）に発表されました。

日本初のSF専門《せんもん》作家として、このジャンルを開拓《かいたく》した星新一《ほししんいち》は、非常《ひじょう》に短い短篇《たんぺん》小説「ショートショート」を得意としました。デビューから一貫《いっかん》して質《しつ》の高い作品を書き続け、昭和58年にとうとう作品数は一〇〇一篇《ぺん》に到達《とうたつ》しました。それ以降《いこう》もショートショートは書かれているし、他に長篇《ちょうへん》小説、時代小説、エッセイ、ノンフィクションなどがあり、どれもこれも大変に面白《おもしろ》いのです。

星新一《ほししんいち》が平成9年に亡《な》くなってから二十年以上が経《た》ちましたが、現在《げんざい》でもすべての小説を新刊《しんかん》書店で買うことが出来ます。これは本当に凄《すご》いことで、普通《ふつう》は亡《な》くなった作家の作品は何冊《なんさつ》かの代表作を残して絶版《ぜっぱん》になるものなのです。いや、すべて絶版《ぜっぱん》になってしまう作家の方が多いくらいなのに、逆《ぎゃく》にすべて買えるということは、すべてが現在《げんざい》の読者に読まれ続けていることの証明《しょうめい》です。

星新一《ほししんいち》のタイムマシンものには、「輸送中《ゆそうちゅう》」「夢《ゆめ》の未来へ」「タイム・マシン」などがありますが、作品数の割《わり》には少ない印象です。この本には変わったアイデアで時間を扱《あつか》った「時《とき》の渦《うず》」を採《と》ることにしました。

ある日付から時間が先に進まなくなり、同じ一日が何度も繰《く》り返《かえ》されるようになります。この設定《せってい》はループものと呼《よ》ばれ、現在《げんざい》ではひとつのサブジャンルになるほど作例がありま す。大ヒットしたテレビアニメ『魔法《まほう》少女まどか☆マギカ』などもそうですね。もっとも早い例が昭和59年の劇場《げきじょう》アニメ『うる星やつら2　ビューティフル・ドリーマー』、昭和62年に刊行《かんこう》されたケン・グリムウッドの小説『リプレイ』あたりですから、「時《とき》の渦《うず》」の早さが分かっていただけると思います。

しかも、一日がループするたびに古い死者が次々と甦《よみがえ》ってくる、という設定《せってい》が非常《ひじょう》に独創的《どくそうてき》です。そういうことが起こったら、どうなるか？　をていねいに描《えが》いて、読者を納《なっ》得《とく》させてしまうのが星新一《ほししんいち》一流《いちりゅう》のテクニックなのですが、この作品では、その先に意外なオチが待ち受けています。

［著者《ちょしゃ》プロフィール］収録順《しゅうろくじゅん》

小松左京《こまつさきょう》

一九三一（昭和六）年、大阪市生《おおさかし》まれ。本名・実《みのる》。京都大学イタリア文学部卒。雑誌記者《ざっしきしゃ》を経《へ》て、ラジオ大阪《おおさか》のニュース漫才《まんざい》の台本を三年にわたって執筆《しっぴつ》する。六一年の「ＳＦマガジン」第一回コンテストに投じた「地には平和を」が努力賞を受賞。翌年《よくねん》、「易仙逃里記《えきせんとうりき》」が同誌《どうし》に掲載《けいさい》されてデビュー。本格《ほんかく》ＳＦからユーモラスな作品まで多彩《たさい》な作品を次々と発表し、日本ＳＦ界をリードする作家となる。

長篇《ちょうへん》『復活《ふっかつ》の日』『果《は》てしなき流れの果《は》てに』『継《つ》ぐのは誰《だれ》か？』、短篇集《たんぺんしゅう》『地には平和を』『神への長い道』『ゴルディアスの結び目』など傑作《けっさく》多数。七三年の『日本沈没《にっぽんちんぼつ》』では日本中に沈没《ちんぼつ》ブームを巻《ま》き起《お》こし、翌年《よくねん》、同作で第二十七回日本推理作家協会賞を受賞。八五年には『首都消失』で第六回日本ＳＦ大賞を受賞している。七〇年の大阪万国博覧会《おおさかばんこくはくらんかい》や九〇年の国際花《こくさいはな》と緑《みどり》の博覧会《はくらんかい》のプロデュースなど、作家としての枠《わく》をはるかに越《こ》えた活動を続けた。二〇一一（平成二十三）年、没《ぼつ》。その業績《ぎょうせき》に対して第三十二回日本ＳＦ大賞特別功労賞が贈《おく》られた。

筒井康隆《つついやすたか》

一九三四（昭和九）年、大阪《おおさか》生まれ。父は動物学者の筒井嘉隆《つついよしたか》。同志社大学文学部卒。六〇年、家族でＳＦ同人誌《どうじんし》「ＮＵＬＬ」を発行。これが江戸川乱歩《えどがわらんぽ》の目に留《と》まり、短篇《たんぺん》「お助け」

が探偵小説誌《たんていしょうせつし》「宝石《ほうせき》」に転載《てんさい》されてデビュー。「東海道戦争」「ベトナム観光公社」「アフリカの爆弾《ばくだん》」など、ブラックユーモアと風刺《ふうし》に満ちたドタバタものを得意とする一方、「お紺昇天《こんしょうてん》」「わが良《よ》き狼《ウルフ》」などロマンチックな短篇《たんぺん》も多い。長篇《ちょうへん》『馬の首風雲録』『霊長類《れいちょうるい》南へ』『脱走《だっそう》と追跡《ついせき》のサンバ』、連作『家族八景《かぞくはっけい》』、ジュブナイル『時をかける少女』などを次々と発表し、若者《わかもの》から圧倒的《あっとうてき》な支持《しじ》を受ける人気作家となる。

八一年、『虚人《きょじん》たち』で第九回泉鏡花《いずみきょうか》文学賞、八七年、『夢《ゆめ》の木坂分岐点《きざかぶんきてん》』で第二十三回谷崎潤一郎《たにざきじゅんいちろう》賞、八九年、『ヨッパ谷《だに》への降下《こうか》』で第十六回川端康成《かわばたやすなり》文学賞、九二年、『朝のガスパール』で第十二回日本ＳＦ大賞、九九年、『わたしのグランパ』で第五十一回読売文学賞を、それぞれ受賞。現在《げんざい》も第一線で活躍《かつやく》を続ける日本ＳＦ界の巨人《きょじん》。

平井和正《ひらいかずまさ》

一九三八（昭和十三）年、横須賀市《よこすかし》生まれ。中央大学法学部在学中の六一年、「ＳＦマガジン」の第一回コンテストに投じた短篇《たんぺん》「殺人地帯」が奨励賞《しょうれいしょう》を受賞。翌年《よくねん》、ＳＦ同人誌《どうじんし》「宇宙塵《うちゅうじん》」に発表した「レオノーラ」が「ＳＦマガジン」に転載《てんさい》されてデビュー。

その後、ＳＦ短篇《たんぺん》を発表する一方、『８マン』『デスハンター』（画・桑田次郎《くわたじろう》）、『幻魔大戦《げんまたいせん》』（画・石森章太郎《いしもりしょうたろう》）、『スパイダーマン』（画・池上遼一《いけがみりょういち》）とマンガ原作者としてヒットを連発。『８マン』は『エイトマン』としてテレビアニメ化もされた。

ＳＦハードボイルド『サイボーグ・ブルー

ス』、人類と地球外生命体との死闘《しとう》を描《えが》く『死霊狩り《ゾンビー・ハンター》』、『狼男《おおかみおとこ》だよ』以降《いこう》の〈アダルト・ウルフガイ〉シリーズ、『狼の紋章《おおかみエンブレム》』以降《いこう》の〈ウルフガイ〉シリーズなどで後の世代のSF作家に多大な影響《えいきょう》を与《あた》えた。

　七九年にスタートした小説版『幻魔大戦《げんまたいせん》』以《い》降《こう》は大河《たいが》シリーズを中心に活動、『真幻魔大戦《しんげんまたいせん》』『地球樹《ちきゅうじゅ》の女神《めがみ》』『ボヘミアンガラス・ストリート』など作品多数。二〇一五（平成二十七）年、没《ぼつ》。その業績《ぎょうせき》に対して第三十五回日本SF大賞功績賞が贈《おく》られた。

広瀬正《ひろせただし》

　一九二四（大正十三）年、東京生まれ。日本大学工学部建築科卒。五二年、ジャズバンド「広瀬正《ひろせただし》とスカイトーンズ」を結成、テナーサックスを担当《たんとう》する。六〇年にバンドを解散《かいさん》してから小説を書き始め、六一年、ミステリ短篇《たんぺん》「殺そうとした」が「宝石《ほうせき》」に掲載《けいさい》されてデビュー。同年、SF同人誌《どうじんし》「宇宙塵《うちゅうじん》」に参加。星新一に絶賛《ぜっさん》されたショート・ショート「もの」を初め、タイムトラベル・テーマの作品を次々と発表する。

　七〇年の『マイナス・ゼロ』、七一年の『ツィス』『エロス』と長篇《ちょうへん》SFが三期連続で直木賞候補《こうほ》となり、選考委員だった司馬遼太郎《しばりょうたろう》に高く評価《ひょうか》される。特にタイムスリップした男の生涯《しょうがい》をパズル的な構成《こうせい》で描《えが》く『マイナス・ゼロ』は、国産SFのオールタイム・ベスト級の傑作《けっさく》である。今後の活躍《かつやく》が期待されたが、七二年、赤坂の路上で心臓発作《しんぞうほっさ》に見舞《みま》われ急死。没後《ぼつご》、ミステリ長篇《ちょうへん》『T型フォード殺人事件』、SF

長篇《ちょうへん》『鏡の国のアリス』、短篇集《たんぺんしゅう》『タイムマシンのつくり方』が刊行《かんこう》され、その業績《ぎょうせき》は『広瀬《ひろせ》正《ただし》・小説全集』全六巻《かん》としてまとめられている。

梶尾真治《かじおしんじ》

一九四七（昭和二十二）年、熊本《くまもと》生まれ。福岡大学経済学部卒。幼少《ようしょう》時からSFを愛読し、中学時代には早くもSF同人誌《どうじんし》「宇宙塵《うちゅうじん》」に入会、自らも同人誌《どうじんし》「てんたくるす」を発行するなど、熱心にファン活動を行なう。

七一年、「宇宙塵《うちゅうじん》」に発表した時間SF「美《み》亜《あ》へ贈《おく》る真珠《しんじゅ》」が「SFマガジン」に転載《てんさい》されてデビューするが、家業の石油販売業《せきゆはんばいぎょう》に従事《じゅうじ》するため、しばらくの間、活動休止を余儀《よぎ》なくされる。七八年に「フランケンシュタインの方《ほう》程式《ていしき》」で活動を再開《さいかい》。抒情的《じょじょうてき》な短篇《たんぺん》から破壊《はかい》的《てき》なドタバタSFまで、幅広《はばひろ》い作品を発表する。

九一年、『サラマンダー殲滅《せんめつ》』で第十二回日本SF大賞を受賞。長篇《ちょうへん》『黄泉《よみ》がえり』は映画《えいが》化《か》もされた。二〇〇四（平成二十七）年に社《しゃ》長職《ちょうしょく》を辞して作家専業《せんぎょう》となる。連作〈エマノン〉シリーズ、〈クロノス・ジョウンター〉シリーズの他、短篇集《たんぺんしゅう》『地球はプレイン・ヨーグルト』『時空祝祭日』『ゑゐり庵綺譚《あんきたん》』、長篇《ちょうへん》『ドグマ・マ＝グロ』『OKAGE』『つばき、時跳《ときと》び』『怨讐星域《おんしゅうせいいき》』など作品多数。

星新一《ほししんいち》

一九二六（大正一五）年九月六日、東京生まれ。本名・親一《しんいち》。東京大学農学部卒。父の星《ほし》一《はじめ》は星製薬《ほしせいやく》の創業者《そうぎょうしゃ》、母方の祖父《そふ》は解剖学者《かいぼうがくしゃ》で人類学者の小金井良精《こがねいよしきよ》、祖母《そぼ》は森鷗外《もりおうがい》の妹・

喜美子《きみこ》である。五一年、父の死を受けて星製薬《ほしせいやく》を継《つ》ぎ、債務《さいむ》の処理《しょり》に苦労する。五六年、その重圧《じゅうあつ》から逃避《とうひ》するために「空飛ぶ円盤《えんばん》研究会」に入会。五七年、同会を母体に形成された科学《かがく》創作《そうさく》クラブの同人誌《どうじんし》「宇宙塵《うちゅうじん》」に参加。同誌《どうし》二号に載《の》った「セキストラ」が探偵小説誌《たんていしょうせつし》「宝石《ほうせき》」十一月号に転載《てんさい》されデビュー。切れ味鋭《するど》いショートショートを次々に発表して、たちまちこの分野の第一人者となる。

六八年、『妄想銀行《もうそうぎんこう》』および過去《かこ》の業績《ぎょうせき》によって第二十一回日本推理作家協会賞を受賞。八三年には前人未到《ぜんじんみとう》のショートショート一〇〇一篇《へん》を達成した。ショートショート集『ボッコちゃん』『悪魔《あくま》のいる天国』『ノックの音が』『エヌ氏の遊園地』、SF長篇《ちょうへん》『夢魔《むま》の標的』『声の網《あみ》』、時代小説『殿《との》さまの日』、エッセイ集『きまぐれ博物誌《はくぶつし》』『できそこない博物館』など作品多数。九七（平成九）年、没《ぼつ》。翌年《よくねん》、その功績《こうせき》に対して第十九回日本SF大賞特別賞が贈《おく》られた。

［底本一覧］

小松左京「御先祖様万歳」――『日本ＳＦ傑作選２　小松左京』ハヤカワ文庫
筒井康隆「時越半四郎」――『ベトナム観光公社』中公文庫
平井和正「人の心はタイムマシン」――『美女の青い影』角川文庫
広瀬正「タイムマシンはつきるとも」――『タイムマシンのつくり方』集英社文庫
梶尾真治「美亜へ贈る真珠」――『70年代日本ＳＦベスト集成１：１９７１年度版』ちくま文庫
星新一「時の渦」――『白い服の男』新潮文庫

◉右記の各書を底本とし、適宜振り仮名を加えました。

◉作品の一部に、今日の人権意識に照らして不当・不適切と思われる表現・語句がふくまれていますが、発表当時の時代的背景と作品の文学的価値に鑑み、原文を尊重する立場からそのままにしました。
※広瀬正さんの著作権継承者につきましてご連絡先などご存じの方は、小社までご一報いただけますと幸いです。

日下三蔵［くさか・さんぞう］
一九六八（昭和四十三）年、神奈川県生まれ。出版社勤務を経てミステリ・SF評論家、フリー編集者。著書に『日本SF全集・総解説』『ミステリ交差点』、編著に『天城一の密室犯罪学教程』（第五回本格ミステリ大賞評論・研究部門受賞）、〈怪奇探偵小説傑作選〉〈昭和ミステリ秘宝〉〈山田風太郎ミステリー傑作選〉〈都筑道夫少年小説コレクション〉〈中村雅楽探偵全集〉〈筒井康隆コレクション〉〈日本SF傑作選〉など多数。

456［しごろ］
イラストレーター。埼玉県在住。二〇一八年よりフリーランスとして活動。書籍の装画、挿絵、CDジャケットなどを中心に活動している。挿絵作品に『この気持ちもいつか忘れる』（住野よる著）、装画作品に、『きみの分解パラドックス』（井上悠宇著）、『自由なサメと人間たちの夢』（渡辺優著）、『赤川次郎ミステリーの小箱（全五巻）』（赤川次郎著）など多数。

◉装丁・デザイン――小沼宏之
◉編集担当――北浦学

SFショートストーリー傑作セレクション
時間篇――人の心はタイムマシン／時の渦

二〇一八年十一月　初版第一刷発行
二〇一九年八月　初版第二刷発行

編――日下三蔵
絵――456

発行者――小安宏幸
発行所――株式会社汐文社
〒102-0071
東京都千代田区富士見1-6-1
TEL　03-6862-5200
FAX　03-6862-5202
http://www.choubunsha.com

印刷――新星社西川印刷株式会社
製本――東京美術紙工協業組合

ISBN978-4-8113-2546-0